Mükemmel Cinayetler

MÜKEMMEL CİNAYETLER

Orijinal adı: L'école de la crim'

Yazan: Julien Salmon
Fransızca aslından çeviren: Ali Cevat Akkoyunlu

1. baskı / ağustos 2004
2. baskı / eylül 2004 / ISBN 975-293-234-7

Bu kitabın 2. baskısı 2 000 adet yapılmıştır.

Kitaba katkılarından dolayı Hürriyet gazetesine teşekkür ederiz.

Kapak tasarımı: Ayşe Çelem Design
Baskı: Altan Matbaacılık / Yüzyıl Mahallesi
Matbaacılar Sitesi 222/A Bağcılar - İSTANBUL

Doğan Kitapçılık AŞ Hürriyet Medya Towers, 34544 Güneşli - İSTANBUL
Tel. (212) 677 06 20 - 677 07 36 Faks (212) 677 07 49
www.dogankitap.com.tr

Mükemmel Cinayetler

Julien Salmon

Çeviren: Ali Cevat Akkoyunlu

DK DOĞAN KİTAP

Ölüm hem kesindir
hem de değil. Kesindir,
çünkü kaçınılmaz; kesin değildir,
çünkü bazen insanın öldüğü kuşkuludur.

Jacques Bénigne Winslow
Kuşkulu Ölüm Belirtileri ve Çabuklaştırılmış
Tahnit ve Toprağa Verme
Üzerine İnceleme, 1742

Marcelle Ruffin'in anısına, sevgiyle

21 eylül pazartesi

Kusurlarımın bilincinde oluşum, yapmacılıktaki ve sinsilikteki maharetim, beni bugüne kadar elektrotlardan ve psikiyatrın kanepesinden kurtaran dengeli bir görünüşe kavuşturdu. Hatta, komiserliğe giriş mülakatında, yıldız gibi parladım bile: klinik hekimlerinin oluşturduğu bir topluluğun karşısında, olağanüstü ateş gücüne rağmen Manurhin 357 Magnum'u erkeklik organımın bir uzantısı olarak görmediğimi açıkladım. Kadınlarla ilişkilerim konusundaki kuşkularını da sezdim, anneme beslediğim sevginin bir oğul sevgisinden öteye gitmediğini ve anamın tipim olmadığını anlamam için yirmi yılın yettiğini kılım kıpırdamadan anlatıverdim.

Yine de bir gün onlara kişiliğimin bazı özelliklerini açıklama umudumu yitirmedim. Kaygılarım çeşitli. Ölüm kaygısı, elimde bir kadeh Château-Eychenne, yerde bir alay şişe ölüsü, uykusuz geceler geçirmeme neden olsa da, merhum Sophie'den uzak bir yıl daha geçirmenin tasası içinden güçlükle sıyrılabildiğim bir yarı arınma dönemine beni sokuyor.

Saplantılarım sapasağlam. Bir süredir sanatkârane cinayet, parıltılı bir suç takıntım var. Son haftalara kadar harekete geçme fırsatı bulamasam ya da istek duymasam da, bu saplantı beni komiserlik sınavını kazanmak için kriminoloji öğrenmeye itti. Sophie'nin tam bir yıl önceki ölümünden beri peşimi bırakmayan ölüm saplantısı öylesine güçlüydü ki, sonunda bu akşam günlüğe başlamayı erteleyemeyeceğim kanısına vardım.

Sahip olduklarımı sayıp dökebilmem için son derecede dikkate değer davranış bozukluklarıma değinmem; her gün, hatta akademi antetli bu birkaç sayfaya içimi döktüğüm şu anda bile, Mozart'ın *Re Minör Requiem*'ini dinlediğimi söylemem gerekir. Bruno Walter'in yönettiği kusursuz 1937 kaydından, entonasyonu kulağa yabancı, faturaları daha mütevazı yenilerine varıncaya kadar otuz sekiz ölüm operası yorumuna sahibim. Her sabah *Kyrie eleison*'un gök gürültüsünü andırır nağmeleriyle uyanır, sonra da geceleri, döşeğimin üzerinde inlerken, ancak *Agnus Dei*'nin salınışlarını duyduğumda uykuya dalabilirim.

Bu öğleden sonra adlî polis dersini veren Komiser Monesto'nun yokluğundan yararlanıp, Sigiwald Kuijken'in 1986 yılında, entonasyonunun arılığıyla bilinen eski enstrümanlarla gerçekleştirdiği kaydı aramak için Lyon merkezine gittim. Benim gibi akademi öğrencisi olan Laetitia da Part-Dieu'ye kadar benimle geldi. Alışveriş merkezinin yakınında park yeri bulmayı başardık, Rhône'u ayağımız ıslanmadan geçmeyi becerdikten sonra girdiğimiz küçük plakçıdan aradığım kaydı satın aldım. Dönüş yolundayken, biraz içki almak için bir bakkalın önünde durduk. Saint-Cyr[1] kapılarındayken Mozart'ın *Requiem*'inden, yalın güzelliğinden, yakarış dolu çıplaklığından büyük bir heyecanla bahsettim... Hiç ısrar etmeden Laetitia'dan Minguettes'deki 129 numaralı odamda, Mozart dinleme sözünü aldım.

Bu son yıllarda Mozart'ın *Re Minör Requiem*'i, bana diğer müziklerden hem çok daha fazla mutluluk verdi; hem de, çok daha fazla kuşku ve dile dökülemeyen inanç. Sophie hayatımdan çıkıp gittiğinde, onsuz hayatıma yön veremeyeceğimi sandığım sıralarda da, çokça sükûnet. Ölümle yüz yüze geldiğimde aşırı heyecan. Bu müzik bana, bir kadının olamadığı kadar cömert oldu.

Laetitia akademi yemekhanesindeki yemekten hemen sonra odamın kapısını çaldı. Alkolden kızarmış gözlerinin kaçamak bakışlarından, bu buluşmadan bir şeyler umduğunu içim azıcık burkularak düşündüm. Laetitia kokular sürüp kıyafetini değiştirecek ve üzerindeki hafif elbiseyi giyecek zamanı bulmuştu. Kıyafeti mevsim sonuna uygunsa da, müzik dinlemek için fazla gösterişliydi. İyi ama, neden bunu ona söyleme ve kızcağıza karşı kaba ve saldırgan davranma gereği duymuştum ki? Saçları kızıl, teni saydam, yüzünde acı dolu bir yumuşaklık var diye kızıl saçlı kadınların erkeklerde saygısızlık duygusu uyandırdıkları konusunda, artık kim bilir hangi büyük yazarla hemfikir olduğum ya da belki de kalçaları yastığımın üzerinde, yatağımda otururken onun kendini sunduğunu, rahat ve hazır olduğunu hissettiğim ve bir yıl önce Sophie'nin külleri üzerine bakir kalacağıma yemin ettiğim için mi? Her neyse, yine de öpme ve sevişme arzusu duyduğumu hatırlıyorum.

Bunca ahlaksız düşünceden sonra, pişman olmalıydım. Laeti-

1. Lyon yakınındaki askerî okul. (ç.n.)

tia'ya o akşam, bir buçuk saat kadar sonra, sahip olduğum yer, ne Minguettes'deki soğuk odamdı, ne de herhangi bir otel; otomobilimdi. Gerçeği söylemek gerekirse, zavallı tam tersini düşünse de, ona tam anlamıyla sahip olmadım.

Kesin olan tek şey, Mozart dinlerken, ifrat derecesinde içtik. Repertuvarımdaki en kısa kaydı, gür sesli Brunestin'in yorumunu seçtim: sadece 38 dakika ve 58 saniye. Bir katliam, demeden geçemeyeceğim. Nankörlüğümden, tınılarına hiç bu kadar az dikkat etmemiştim: *Kyrie eleison*'da saçlarını çözdüm. *Dies irae* sırasında dudaklarını emdim. *Offertium* çalınırken ince elbisesini kalçalarına kadar sıyırdım. *Agnus Dei*'de, kulağına onu sarsacak ve benim de başımı döndürecek açık saçık sözler fısıldama arzusuyla yanıp tutuşuyordum. Fısıldayacak cesareti buldum. Ama sonraki kâfirce diyaloğu buraya aktarmakta güçlük çekiyorum. Özetlemek gerekirse, onu arzuladığımı, bulmam gereken bacaklarının arasındaki yolu burada kat etmek istemediğimi söyledim. Bir an, iri, yeşil gözlerini bana dikerek donup kaldı, sözümü sürdürdüm; Thou Dağı'nın tepesine onu çıkarmayı teklif ettim. Onunla yukarıda sevişmek, tüm Lyon'un gözleri önünde, göksel çiftleşmemizi gözleyecek, yıldızların büyülü aydınlığından sarhoş yüz binlerce tanığın önünde ona sahip olmak istediğimi söyledim.

Thou Dağı'nı üç gün önceki gezintimden biliyordum. Saint-Cyr'in birkaç kilometre ötesindeki, Lyon'un ve Rhône Vadisi'nin muhteşem göründüğü bir tepe. Hava kararırken oraya çıkan, birbirleriyle karşılaşan, sanki selektörlerle iletişim kuran otomobillerin ardı arkası kesilmeyen faaliyetleri bende merak uyandırmıştı. Olan bitenleri gözlemek için duralı henüz birkaç dakika olmuştu ki, kısacık saçları ağarmaya yüz tutmuş biri gelip otomobilimin camını tıklattı. Adı Kougar'dı, Rus asıllıydı ve Thou Dağı'nın olağanüstü manzaradan başka ahlaka aykırı eğlenceler de sunduğunu anlatmıştı. Kougar daha sonra davet beklemeden yanıma yerleşip, sevgilisi Angélique'ten söz etmeye başladı. Kadını dağda, tuhaf bir satranç partisi sonunda kocasının elinden kaptığını anlattı. Angélique'i hiçbir sınır tanımadan ve utanç duymadan seviyor olmalıydı ki biraz sonra kafası kazınmış, çıplak bir kadını estetik, atletik ve anatomik özellikleriyle tanıtan bir tomar fotoğraf çıkardı. Angélique, tek başına ya da dudak uçuklatıcı boyutta heriflerle en edepsiz pozları apaçık bir hazla veriyordu. Kougar'ı kutladım ve dikkatsizlik edip Angélique'ten çok hoşlandığımı söyledim.

– Paul, dedi cevap olarak. En beğendiğin fotoğrafı al, hediyem olsun.

Angélique'i çırılçıplak, buzdolabı olduğunu sandığım bir şeyin önünde diz çökmüş gösteren, belli belirsiz ve büyük bir fotoğrafı seçtim. Kougar yeniden gülümsedi:

– Paul, biliyor musun, Angélique arabada beni bekliyor, elbiselerini çıkardı, muhtemelen üşüyor. Eğer istersen, seni eski bir arkadaşım diye tanıştırırım, sonra da gezmeye gideriz. Senden çok hoşlanacağından eminim.

Teklifin aniliğiyle şaşırıp, biriyle buluşmam gerektiği bahanesiyle nazikçe reddettim, tıraşlı kadının fotoğrafını cebime tıkıştırıp akademiye döndüm.

Laetitia'nın okulun merdivenlerinden inip arabaya binerken biraz zorlandığını iddia etmek abartılı olmaz: Thou Dağı'na tırmanmak da, aslında Sarı Yolculuk gibi oldu.

Daha sonra olanların ayrıntısına girmeyeceğim. Birkaç kelime sadece: Thou Dağı'nın tepesine vardığımızda, Laetitia uyukluyordu. Yukarıda, bizi selektör sinyalleriyle selamlayan, hareketli çiftlerle dolu otomobillerle karşılaştık. Laetitia bir an sessizliğinden sıyrıldı ve iyi niyetli insanların bizi uyarmak istediklerini, yakınlarda bir yerlerde polisin pusuya yatmış olabileceğini söyledi.

Tembihlerine uyarak arabayı bir koruluğun yakınına park ettim, beni biraz beklemesini söyleyerek otomobilden indim. Arabalara doğru yürüdüm ve Kougar'ın beyaz Renault 5'ini gördüm. Yanımda durdu ve binmemi söyledi.

Ona neler söylediğimi tam olarak hatırlamıyorum. Onu tanıdığımı, karısına bir kez daha iltifat ettiğimi düşünüyorum; sonra, laf lafı açtı, ben de ona kadınımı önerdim herhalde. Sadece yanıma gelmeden önce birkaç dakika sabretmesini ve en ufak bir şey söylememeye dikkat etmesini söyledim. Laetitia'nın yanına vardım, ona gülümsedim, gözlerini kapatmaya özen göstererek başına bir eşarp bağladım. Sonra tavan lambasını yakıp, Laetitia'nın koltuğunu yatırdım. İnce elbisesini çıkardım, sessizce yaklaşan Kougar, kırk beş kiloluk beyaz bedenini, saçlarının kızıllığını, çillerle kaplı memelerini benimle birlikte seyretti. Sonra, ben ortadan kaybolurken, tek bir kelime bile etmeden, kızın bacaklarının arasına yerleşti. Laetitia'nın inleyip, adımı söylediğini duydum mu, hatırlamıyorum.

Dönerken, benim olmayan savaşın defne dallarını derledim. Kougar'ın cesur bir asker olduğunu kanıtlaması, numarayı anlamayacak kadar sarhoş olan berikinin de o akşamdan beri bana hak etmemekle birlikte hak etmiş kadar değer verdiğim hayranlığı en büyük övüncüm.

22 eylül salı

Baştan okuduğumda, günlüğün ilk paragrafları beni, arkadaşlarımın ve asıl ilgili hanımın karşısında böbürlenemeyeceğim bir gün önceki olaylardan daha çok üzüyor. *Daha az* gösterişli olabilmesi için bu ilk bölümü yeniden yazmak isterdim kuşkusuz, öyle ya, bu çok kullanılmış benzetmeleri, yıpratıcı imaları ve acı çeken ruh hilelerini, anlatımı melodrama yakışır bir esinle bitiremeyecek kadar çok kullandığımın bilincindeyim.

Ne var ki, zamanım yok. Zamanım kısıtlı, çünkü dün, Sophie'nin birinci ölüm yıldönümünden sonra, sadece yüz gün daha yaşamaya karar verdim.

Üstelik, Saint-Cyr'de günde sekiz saat dersten, katılmak gereken sayısız faaliyetten ve yazılacak kriminoloji incelemesinden yorgun düşülüyor. Sabah sekizde başlayan bir günün, erkek önderlerin kadın takipçilerle kapıştığı cehennemî tartışmalarla ertesi şafağa kadar sürmesi pek nadir değil.

Minguettes koridorları, ileri sürülecek savlar tükendiğinde biraların, viskilerin, Château-Eychennes'lerin değerli katkıları eşliğindeki tartışmalara sahne oluyor. Saint-Cyr'e geldiğimden beri, daha önce hiç kullanmadığım kadar uyarıcı çeşidi, kahve, Mozart *Requiem*'ler, sert içki ve sigara tükettim. İşin özü, kötü günlerimde iki litre kahve içiyor ve uykuya dalamıyorum.

Minguettes, bundan birkaç yıl önce şiddetli karışıklıklara sahne olan Vaulx-en-Velin'deki siteyi saygıyla anmak için, odalarımızın bulunduğu binaya takılan ad. Işığı sabahın erken saatlerine kadar yanan bazı odalar aramızdaki en ciddilere, insanı amirliğe ulaştıracak en gözde görevlerin kavgasını daha şimdiden yapanlara ait. Işığı yanan odalardan bazılarıysa pek sevilen buluşma yerlerini, kaçak barları gizliyor.

Minguettes'ten çıkıldığında, yemekhanenin, iki amfinin, dershanelerin ve simülasyon odalarının bulunduğu geniş, toprak rengi ana binaya varmak için her sabah ve günde birkaç kez beş hektarlık bir parktan geçmek gerekir. Üç simülasyon odasından ilkinde, sanal atış talimleri yapıyor, birbirinden epey farklı durumlarla karşı karşıya kaldığımız bir filmin önünde, kurusıkı tabancayla ateş ediyoruz. Böyle zamanlarda, meşru müdafaanın söz konusu olduğuna karar verip, silah kullanmak durumundayız. Bu küçük oyunda başarısız olduğum söylenemez, ama içimizde en iyisi, akademideki en sevgili arkadaşım, Francis. Francis, şimdi bile açıklamakta güçlük çektiğimiz nedenlerle ve meşru müdafaayla uzaktan yakından ilgisi olmadığı apaçık bir durumda, gerçek polise hiç benzemedikleri ve tuzak kokusu aldığı gibi bana göre son derece dayanaksız bir mazeretle, kimlik kontrolü yapan üniformalı iki meslektaşı kalbura çevirmeyi becerdi. Böylelikle yıl sonu sıralamasında birden on iki basamak gerileyip, okul psikoloğu Bayan Kerbach'la –vizite ücreti ödemeden– görüşmek zorunda kaldı.

İkinci simülasyon odası büyük duvar haritalarıyla ve ulusal polisin kullandığı iletişim araçlarıyla dolu. Bu salonda oturup simülasyonla düzeni sağlar, CRS'nin[2] göstericilere saldırısını yönetir ya da duruma göre, pazarlığa gireriz. Francis biraz önce belirttiğim nedenlerle, bu eğitimden şimdilik muaf tutuldu.

En şaşırtıcısı üçüncü oda. Binanın çatı arasında salonuyla, mutfağıyla, banyosuyla ve iki yatak odasıyla gerçek bir apartman dairesi yapılmış. Bütün gerekli eşyalar yerli yerinde, musluklardan su akıyor, televizyon renkli, çarşaflar düzgün görünüyor. Bu burjuva evinde, bir cinayet sahnesini yeniden oluşturmaya çalışıyoruz. Balmumundan yapılmış ve içten bir sevgiyle Karine olarak adlandırdığımız uzun bacaklı bir manken, yalancıktan ceset. Dairenin her yerinde ipuçları var: bir bardakta parmak izleri, imzasız bir mektup, kimin olduğu belirsiz, ama kurbana ait olmadığı kesin, 56 beden bir fanila. Her cuma, küçük gruplar halinde eve giriyor ve adlî polis hocamızın dikkatli bakışları altında manken üzerinde ya da dairede özenle araştırmalar yapıyoruz.

Komiser kuşakları, varsayımsal boğma izlerini bulmak için Karine'i yüzlerce defa soydukları, muayene ettikleri bu daireyi, bir torba eroin peşinde altüst ettikleri bu mekânı ezbere bilirler. Adlî polis hocası Monesto'nun eroini sık sakladığı deliklerin sınıftan sınıfa aktarılması, malzemenin önemli hasar görmesine yol açar. Mesela, defalarca sökülüp takılan tuvalet rezervuarı, artık işe ya-

2. Fransa'da toplum polisi. (ç.n.)

ramaz halde. Müstakbel amirlerimizin gayretkeşliğinin kurbanı mutfak aspiratörü de öyle. Bu daireyle karşılaştırıldığında, kaldığımız odaların sönüklüğü, sonunda bütün cesaretimi toplamama ve müdüre bir mektup yazıp, cuma simülasyonlarına hazır tutma koşuluyla, dairenin bana verilmesinin kabulünü rica etmeme bile neden olmuştu. İmzasız talebimin karşılıksız kaldığını eklemek gereksiz, yine de bu daireden gerektiği gibi yararlanma fikrinden vazgeçmiş değilim. *Bu dediğime mim konula*!

Burada pek çok yakın arkadaş edindim. En başta meslek hayatını adlî polis teşkilatında geçiren ve sadakatle hizmet edişinin ödülü olarak komiserliğe yükseltilen Francis var. Lyon'da aynı meyhanelere gittiğimizden beri beni arkadaşı kabul etmekle kalmadı, kendine bir de görev biçti: bana mesleğin püf noktalarını öğretecek. Nişancılık simülasyonunda birinci olmasa da, Paris'in Lyon'un veya Marsilya'nın satıcılarını, fedailerini ve pezevenklerini tanımakta üstüne yok. Mükemmel bir bilgisi, akıllara durgunluk verecek bir yol yordam güdüsü var. Zor anlaşılır bir dile, kısa saçlara, fırça gibi bir bıyığa ve polis çavuşu tavırlarına sahip. Polis argosuna hâkim ve klişe sözleri ezbere biliyor. Sevgilisi bar sahibeliğine terfi etmiş eski bir ayyaş; bir zamanlar kodese tıktığı heriflerle kadeh tokuşturmaktan çekinmiyor, el koyduğu uyuşturucu hasılatıyla altılı oynamak hiç zoruna gitmiyor. En önemlisi sadık: ender dostlarına eksiksiz bir bağlılık hissederken, geriye kalan herkesten kuşkulanıyor. Ona ne sorarsam sorayım, isteğim ne denli sıkıcı olursa olsun, cevabını önceden biliyorum: "Bak, biliyor musun, Dardanie, bu biraz can sıkıcı bir şey!" Sonra da, başıyla ekler: "Biraz dur bakalım, belki bir şeyler yaparım." O benim dostum.

Bu arada, bir melekten farksız olan Rodolphe'a karşı içimde özel bir sevgi besliyorum. Rodolphe, doğulu bir büyükelçinin, aşırı sağ bir partinin yöneticisinin ve bir tarım bakanının da aralarında bulunduğu önemli şahsiyetleri korumakla görevli bir polis memuru. Evliliğin yarattığı düş kırıklıklarını telafi etmek için, bu ülkenin ulularına hizmete meslek hayatı boyunca kendini adamış. Haftada iki ya da üç akşam, 129 numaralı odamın kapısını tıklatıp, Francis'le, Oscar'la, Laetitia'yla ve diğerleriyle sohbete geldiğinde, ona çok az servis yapma alışkanlığındayım. Rodolphe ilk bardağını diktiğinde oldukça sevimli görünüyor ve bizi yönetenlerin hafifmeşrepliklerini diline doluyor. İkinci kadehte, çocuklarından bahsediyor, oğlunun eğitimini ve kızının kuşkulu tanıdıklarını anlatarak bizleri eğlendiriyor. Ama üçüncü kadehin sonunda, ona acı vermekten hoşlanan, diri kalçalı karısını hatırlayıp, ağlamaya başlıyor. Dördüncü bardağın dibini gördüğünde, Rodolphe yorgun düşüyor, yatağımda uykuya dalıyor. Ama o benim dostum.

Seçilerek alınan kırklarının ortalarındaki Rodolphe ile Francis'in tersine, Laetitia, Oscar ve ben sınavla buraya geldik. Laetitia'yı, Thou Dağı'nın kızını tanıtmaya gerek yok, ünü onu geçti. *Requiem* hakkında hiçbir şey bilmeyen ve dün akşam arabamda yan gelip yatan, oydu. Nefret ettiğimi söyleyemem.

Oscar benim çocukluk arkadaşım. Anaokulu, lise ve üniversite sıralarında kâh külotlarımızı, kâh blucinlerimizi ve aynı kostümün pantolonlarını paylaştık. Ben geçen yıl askerlik görevimi tamamlamak zorundayken, Oscar askerlikten düztabanlığı sayesinde muaf tutulup, bir yıl boyunca kriminoloji eğitimi aldı. Bu bir yıldan yararlanıp Amerika'ya gitti, Teksas Eyaleti'nde Ulusal Şiddet Suçlarını İnceleme Merkezi'ni ziyaret etti. Bu ziyaretin sonunda, seri cinayetler işleyenler hakkında dikkat çekici bir rapor hazırladı. Oscar'ı hep Olay Yeri İnceleme'de ilerlerken görüyorum. İçgüdüsel bir gözlemleme yeteneği olduğu için mi, meslektaşlarından çok, eğitmenlerle sohbetten hoşlandığı için mi ya da çok konuşmayıp dinlemeyi bilmek gibi ender rastlanır bir erdeme sahip olduğu için mi bilmiyorum, ama Oscar Saint-Cyr'de bütün olan bitenlerden haberdar. Örneğin, bu sabah, ağzının kenarındaki o bildik tebessümüyle, bugünlerde sınıf arkadaşımız Laetitia'yı Thou Dağı'na götürmek istediğini söyleyip, oraya giden yolu sordu. Dahası da var: Monesto ile psikoloğumuz Kerbach arasında bir şeyler olduğunu, koridorun köşesini döndüğünde, o alçak herif ile kancık karıyı bu kurumdaki pedagojik görevleriyle pek bağdaşmaz bir pozisyonda yakaladığını anlattı. Oscar benim dostum, yine de Laetitia'yla aramızdaki maceradan haberdar olması canımı sıktı. Bundan ötesinde bana göre hava hoş, Oscar'ın arabası yok, merakını gidermek için sekiz kilometre yürümeye karar vermedikçe, kendi gözümde dünyanın en mutsuz boynuzlusu olmama neden yok.

Monesto ile psikoloğa gelince, aralarındaki ilişki kimse için bir sır değil. Onları aynı masada yemek yerken görmek mümkün, ayrıca pek çok dalda spor yapıyorlar. Saint-Cyr'deki herkesi mutlu eden dikkat çekici *Psychiaville*'i de birlikte yazdılar.

Psychiaville, kapağı eğitime atmış bir başkomiser ile mesleğini ıskalamış bir psikoloğun düşlerinden doğmuş ve sadece geleceğin Cinayet Masası komiserleri için yazılmış bir senaryo. Senaryoyu bize geçen hafta, amfideyken tanıttılar. Rol oyunu prensibi üzerine kurulmuş *Psychiaville*, bizlere gerçek olaylardan yola çıkılarak düzenlenmiş koşullarla karşı karşıya kalmış müfettiş görevini yüklüyor. Böylelikle, işe önce aşırı dozdan ölmüş bir kız öğrencinin üniversite yurdunda bulunan cesedini incelemekle başlıyoruz. Bunun için bir güvenlik çemberi oluşturmamız, cesedin durumunu ve konumunu belirlememiz, sonra da soruşturmada kullanılacak tüm izleri ve ipuçlarını bulmamız gerekiyor. Sahne simülasyon odasında canlandırılacak, Karine yine başrolü oynayacak ve yıllardan beri senaryoyu ezberlemiş atış eğitmenleri de yaslı anne babayı, rahatı kaçmış arkadaşları ve serserileri oynayacaklar. Onları sorgulayacak, tanıklarıyla yüzleştirecek, uyuşturucu bulma amacıyla evlerini arayacağız. Sonra soruşturmayı, bulunan ikinci cesedi kapsayacak şekilde genişleteceğiz; o ikinci ceset, belirtmeden geçmeyelim, karakollarla sağlam ilişkileri olan uyuşturucu satıcısına ait. Sorgulanmak üzere karakola götürülmesi gereken bir zanlı, senaryoya göre, zayıf kişiliği ve uyuşturucu krizi nedeniyle gözaltındayken intihar ediyor. Uyuşturucu satıcısının kuşkulu ölümünden sonra üniversite yakınındaki sitelerden birinde bir kargaşa çıkıyor ve kalabalığı yatıştırmak için, asayiş dersinde öğrendiğimiz gibi, CRS birliklerine ve jandarma birimlerine başvurmak zorunda kalıyoruz.

Saat gecenin on biri. Laetitia birkaç dakika önce kapımı çaldı. Onunla birlikte olmamak için inatçı baş ağrımı bahane ettim.

23 eylül çarşamba

Bu sabah, uzun süredir beklediğimiz kriminoloji konferanslarına başladık. Eğitmenlerden kolaylıkla bilgi sızdırmakla birlikte gayretkeşliğiyle de sivrilen arkadaşım Oscar, konferansları başlatmak üzere Monesto'nun yanında yerini aldı. Saint-Cyr'de, özel bir alanda tam bir bilgi sahibi olan ya da tecrübelerinin çokluğuyla böbürlenebilen öğrencilerin, bizleri eğitmenlerle birlikte bilgilendirmeleri âdettendir. Yapılan iş tehlikelidir, ama amfi kürsüsünde kazanılacak başarı, yıl sonu sıralamasında birkaç basamak atlamak anlamına gelir.

Geleceğin amirleri yanılmaz; sahneye çıkıp kendilerini göstermek için, önlerine çıkan her fırsatı değerlendirirler. Adlî polis hocasının yanında görünebilmek için, kendi aralarında Broussard'ın bile rengini solduracak savaşlar icat etmekten çekinmezler. Geçen yıl uyuşturucu maddeleri sözüm ona bildiğini iddia edip, kendini öven budalanın başına gelenleri duymuştum. Yanında olmaya ikna edebilmek için Monesto'ya neler uydurduğunu Tanrı bilir; ne var ki iki üç eski polisin sinsice planladığı, tam isabet birkaç soru, adamın maskesini düşürüp gerçek yüzünü ortaya çıkarmış. Üstelik, ilk bakışta toz esrar ile on iki gram kaşıntı tozunu ayırt edemeyecek kadar da uyuşturucudan anlamadığı anlaşılmış; tek bildiği, sınava çalışırken ablasının içtiği cigaralığın kokusuymuş.

Cinayet Masası'nda bir görev düşleyen Oscar ise seri cinayetler konusunda korkulacak bir uzmandır. Açıklamalarına psikopatların epey ayrıntılı bir tarifiyle başladı ve sözlerini Dr. Brussel adlı bir Amerikalı psikiyatrın hayranlık uyandırıcı bir eseriyle destekledi. Oscar'ın anlattıklarına göre bu uzman, önemsiz birtakım ipuçlarından yola çıkarak katilin güvenilir bir portresini çizmeyi başarmış. Öngörüsü ve katil psikolojisi hakkındaki kusursuz bilgisi, Dr. Brussel'a bir seri cinayetin faili olan ve "Boston Canavarı" olarak adlandırılan katilin sorgulanması aşamasında haklı bir ün kazandırmış. 1962 ve 1964 yılları arasında, topu topu yirmi aylık bir süre boyunca, Boston bölgesinde oturan ve yaşları on yedi ile yetmiş beş arasında değişen, çoğu tecavüz edildikten sonra boğulmuş on bir kadının cesedi bulunmuştu. Müfettişlerin bütün gayretleri boşa gidince, psikiyatrların oluşturduğu bir kurula danışılmış ve cinayetlerin aynı katil tarafından mı, yoksa farklı kişilerce mi işlendiğinin araştırılması istenmişti. Gerçekten de, cinayetlerin işleniş biçimi, on bir kurbanın da çırılçıplak, aynı aşağılayıcı pozisyonda bulunmaları tek bir faili işaret etse de, aralarındaki yaş farklılıkları ve bazılarının ırzına geçilmemiş olması, aynı anda iki ayrı sadistin faaliyette olduğunu düşündürtüyordu. Müfettişlerce de kabul edilen bu ikinci varsayım psikiyatrcılarca doğrulandı. Bir tek Dr. Brussel bu görüşe karşı çıktı ve cinayetlerden en yenisinin, yani altı ay önce işlenenin sonuncu olacağını heyecanla belirterek çevresindekileri şaşırttı. İddiasını desteklemek için, şöyle bir görüş geliştiriyordu:

"Bu on bir saldırının faili, büyük bir ihtimalle tek bir kişi, bir şizofren. Cinayetlerini işledikçe, duygusal ve cinsel kimliğinin olgunlaştığı gelişmeler yaşamış. Birkaç ayda, çocukluk döneminden çıkarak olgun erkek aşamasına ulaşmış. Belirli bir yaş grubundan seçtiği ilk beş kurbanına saldırması, bence tanımadığı ya da sevgi görmediği bir anneye karşı saplantılarından kurtulmak içindi. O ilk beş kurban tecavüze uğramadı ama, annesinin sevgisini özleyen, meraklı ve gözü pek küçük bir oğlanın yapacağı gibi vücutlarına dokunuldu. Sonra da, Oidipus kompleksini olabilecek en korkunç biçimde bastırarak, o beş zavallı kadını ortadan kaldırdı. Katilin annesine karşı çocukça bağlılığını dizginleyebildiği dört ay geçti. Dört aydan sonra kendini buluğ çağına yakın bir durumda hissettiğinde, annesine beslediği duygularını bu kez çok daha genç kadınlara yöneltti. Şizofren ikileminde, *kuşkusuz o kadınları hem sevdi hem nefret etti ve öldürdükten sonra da, onları ne denli küçümsediğini göstermek için, cesetlerini her defasında daha müstehcen ve daha aşağılayıcı pozisyonlarda bırakmayı seçti.* Katil son cinayetinde kurbanının ağzını kirletip, bir mutfak aletiyle ırzına geçerek çok daha iğrenç bir sahne yarattı. Başka kurbanlarla karşılaşmayacağımızı düşünüyorum. Bu son sahneyle, katil kadınlara karşı duyduğu nefreti ve küçümsemeyi radikal ve büyük bir ihtimalle nihaî bir biçimde belirtmiş oldu. Mutfak aletinin kullanılması tamamen sembolik, kurbanına ve diğer kadınlara cinsel organlarından rahatsız olmadığını anlatıyor. *Boston Canavarı'nın cinayetlerinde her şey bir sembol, kurbanlarına tattırdığı ölüm, onu reddeden annesine ve terk eden kadınlara karşı duyduğu ürküntünün nihaî ifadesidir.* Şizofreni krizleri insanı şiddet kullanmaya otuz ile kırk yaşları arasındayken ittiğine göre, ilgilendiğimiz kişinin de muhtemelen bu yaşlarda olduğunu eklemek isterim. Güven verici bir görünüşü olmalı. Temiz ve aşırıya kaçmadan iyi giyimli. Saçları taranmış, tıraşlı, güler yüzlü ve nazik biri. Sözlerimi bitirmeden önce, duygusal ve cinsel olgunluğa eriştiğinden beri, *kadınlardan vazgeçme konusundaki becerisinden*[3] özellikle gurur duyduğunu ve bundan çok söz ettiğini eklemek istiyorum. Bu talih müjdesini, muhtemelen bir yerde kaybetmeyi becereceği bir günlük aracılığıyla herkese duyurmak istediğini öğrenirsem şaşmayacağım."

Soruşturmanın sürdürülüp, Albert de Salvo'nun tutuklanmasıyla sonuçlanması Dr. Brussel'ı haklı çıkarmıştı. Çizdiği katil portresi, on bir cinayetini hiç tereddütsüz itiraf eden adama tıpatıp uyuyordu. De Salvo kırk yaşlarında bir İtalyan göçmeniydi. Nazik ve zarifti, insanlarla tanışır tanışmaz onlarda bir sempati uyandırıyor ve çevresinde örnek bir komşu olarak tanınıyordu. Yine de mutsuz bir çocukluk geçirdiğinden, annesinin sürekli uzaklara gittiğinden ve bütün sevgililerinin onu birden terk ettiklerinden yakınıyordu.

Oscar kutsal kahve molası sırasında ününün doruklarına ulaştı, çevresi paranoid şizofreni konusunda daha fazla bilgi edinmeyi ya da o zavallı kadınların çektiği eziyetlerin iç gıcıklayıcı ayrıntılarını öğrenmeyi isteyen akademi öğrencisi kızlar tarafından kuşatıldı. Olay Yeri İnceleme'nin eskilerinden, sevdiğim halde bende kesinlikle giyotin yaltakçısı izlenimi bırakan Valoutte, Oscar'a sürtünerek acaba arşivlerde De Salvo'nun bir fotoğrafı bulunabilir miydi, onunla mektuplaşması mümkün müydü, öğrenmek istedi. Oscar'ın ağzından yakışıklı katilin 1973 yılında, mahpushane arkadaşlarının kıskançlığına kurban gittiğini duyduğumda pek fazla üzülmedim.

Birkaç dakika sonra amfiye döndüğümüzde Monesto, Oscar'a seri cinayet konusuna girişteki katkısı için teşekkür ederek söze başladı, zamane suçluları arasında tümüyle ayrı bir yere sahip seri cinayet faillerinin özelliğinden bahsederek bizleri uyardı:

3. Editörün notu: Dr. Brussel'in orijinal metni şöyle: "Cinsel gücünden özellikle gurur duyduğunu." Paul de Dardanie'nin neden böyle bir değişikliğe gerek gördüğü konusunda, kitabın sonunda, Profesör E. L.'nin incelemesine bakınız.

"Bana kalırsa" diye devam etti, "incelemenizin konusunu düşünmeye başlamanız gerek. Bunun için, dört gruba ayrılıp, değişik odalara çekilmenizi öneriyorum. Seçiminizi belirleyecek ölçütler şunlar: her şeyden önce, incelemeniz bir orijinallik taşımalı. Kısacası, sizlerden istenenin Kennedy cinayetinin basit bir av kazası ya da Papa II. Johannes Paulus'a karşı düzenlenen suikastın kıskanç bir kocanın marifeti olduğunu iddia etmeniz olmadığını unutmayın. İncelemenizin bir ya da birkaç katilin psikolojisine, kat ettikleri yola ya da yaşam biçimlerine yepyeni bir bakış açısı getirmesi gerektiğini hatırdan çıkarmayın. Bu yüzden kuramlarınızı, gerçek, tarihî, daha da iyisi çağdaş olaylardan alınma örnekler üzerine kurmanızı istiyorum. Bu konuda akademinin geçen yıl cezaevleri yönetimiyle ve bazı psikiyatri kurumlarıyla imzaladığı anlaşmanın erişiminizi kolaylaştıracağını hatırlatmak isterim. Hükümlülerle karşılaşmak, onları harekete geçmeye iten nedenleri, özel koşulları öğrenmek için bu anlaşmadan yararlanabilirsiniz. Göreceksiniz, yapacağınız inceleme, meslek hayatınızın sonraki dönemleri için paha biçilmez bir tecrübe olacak."

Grupların oluşturuluşundaki tesadüfle, atölye çalışmamızı yönetmekle görevlendiren Bayan Kerbach'ın karşısında Francis, Oscar ve durumdan yararlanarak yanıma süzülen Laetitia bir araya geldik. Bayan Kerbach da yapacağımız incelemenin önemi hakkında bir konferans vermeden edemedi, bu arada da çalışmamıza psikanalitik bir boyut katmamız gerektiğini hatırlattı. Seçtiğimiz konuyu açıklamak ve psikoloğun onayına sunmak için sırayla söz aldık. Başlangıcı Oscar yaptı ve B'yi, hani yetmişli yıllarda Oise'da otururken bir erkek ile sekiz kadını öldüren adamı incelemeyi önerdi. Kerbach'ın bacaklarına, diriliğini fark ettiğinden beri sınırsız bir hayranlık duyan gündüzlü Cyril öldürme dürtüsünün Freud, Nietzsche ve Bataille'a göre karşılaştırmalı bir araştırmasını yapmak niyetinde. Violette Nozières'le ilgili iç parçalayıcı televizyon filminin karşısında gözyaşları dinmeyen Valoutte ise bu ünlü ebeveyn katilinin durumunu incelemek istiyor. Gelecek haftadan tezi yok, Nozières'i hücresinde ziyaret etmek niyetinde olduğunu da ekledi. Bu ilginç katilin 1966 yılında, yani haklarına yeniden kavuştuktan üç yıl sonra öldüğünü öğrenince bozulur gibi oldu.

Sıra bana geldiğinde, kendimi koyuverdim. Yarım saat arayla iki önemli buluşmadan, aniden ölen Violette Nozières'le bir mülakattan ve De Salvo'yla mektuplaşmaktan vazgeçmek zorunda kalan Valoutte'un yüzüne yeniden renk gelmesi için olabilir miydi acaba? Yoksa meslekî niteliklerini en azından o harika ve diri bacakları kadar beğendiğim Kerbach'a kışkırtıcı görünmek mi istedim? Bütün bunları yorgunluğa, asabiyete, bir gece önceki viskilere mi bağlamalı? Her neyse, konu seçimimden öylesi bir coşkuyla bahsettim ki, söylediklerim pek tutarlı görünmedi. Yetişme çağında okuduğum bir romanı, Thomas de Quincey'nin *Güzel Sanatların Bir Dalı Olarak Cinayet* kitabını birkaç dakika önce hatırlamıştım. Bu yüzden Kerbach'a bu hayasızlık şaheserini kriminoloji uzmanının gözüyle okuyup, sanat ile cinayet arasındaki ilişkiyi incelemeyi önerdim. Şaşkınlıktan dillerini yutmuş dinleyicilere estetik değerlere göre cinayetlerin bir tipolojisinin çıkarılabileceğini hatırlattım:

"Tıpkı ustaların tabloları, heykeller ya da bütün diğer sanat eserleri gibi, cinayetleri de estetik değerlerine göre sınıflandıramaz mıyız? Örneğin, De Salvo tarafından işlenenleri ele alalım. Bu cinayetlerin failinin canavar olarak adlandırılabileceğini kabul ediyorum. Yine de bütün bu ölümlerin sahneye konuluşu öylesine özenli, cinayetler öylesine ifade dolu ve yaratıcılarının kötülüğünü öylesine ahenkle vurguluyorlar ki, her birine 'güzel cinayet' demek mümkün. *Vatikan'ın Zindanları*'nda, Gide'in kahramanı Lafcadio'nun işlediği nedensiz cinayeti bir hatırlayın. Lafcadio gereksiz, nedensiz ve tümüyle bağımsız bir cinayet tasarlıyor. Trendedir ve yoldaş olarak kompartımanında sadece zavallı Fleurissoire vardır. Şu andaki gülümseme isteğiniz kadar apansız cinayet arzusu kavrıyor ruhunu. On ikiye kadar saymaya ve o sırada trenin geçtiği yerlerde bir ışık görürse Fleurissoire'ı pencereden atmaya karar veriyor. Zavallı kadının talihi yokmuş, birden bir ateş görünüyor. Kısacası Fleurissoire ölecek, hem de neden öldüğü hakkında en ufak bir fikri olmadan. İşte, bana göre, böylesi cinayetler soylu, hatta neden olmasın, saygıdeğer. Bunların şaheser olduğunu ve faillerine bir bakıma onur kazandırdığını düşünüyorum. Öte yandan gazete sütunlarını dolduran kıpkırmızı manşetlerle verilen, ceza mahkemelerini meşgul eden cinayetlere ne demeli? Böylesi cinayetlerin yeteneksiz amatörlerin, üçkâğıtçı canilerin, cinayet şarlatanlarının işi olduğunu düşünmeden edemiyorum. Böylelerinin işledikleri cinayetler alçakça ve çirkin; zanaatı kirletiyorlar ve bana kalırsa hafifletici hiçbir nedenden yararlanmayı hak etmiyorlar..."

Eğer akademinin öğle yemeğini ilan eden gongu tarafından *son anda* kurtarılmasaydım, sözlerimi Kerbach'ın şaşkın bakışlarının ağırlığı altında nakavt, masa arkadaşlarımın üzgün tebessümleri karşısında yıkılmış olarak bitireceğimden kuşkum yok. Daha sonra, o sabah aşırı coşkulu olduğumu düşünen ve biraz daha devam etseydim psikoloğun sözlerimi dışarıda, koridorda bitirmemi istemek üzere olduğunu söyleyen arkadaşlarımın vaazlarını dinlemek zorunda kaldım. Psikologla baş başayken, boğanın ölümüyle ilgili kusursuz bir benzetmeyle sözlerimi tamamladığımı söylemedim onlara. Kafamın içindekileri, düşüncelerimi anlayabilmek için birkaç dakika daha kalmamı isteyen Kerbach'a eğer bir boğaya nasıl ölmek istediği sorulabilseydi, belirsiz bir mezbahada, aptal bir kasabın elinde can vermektense, kalabalığın alkışları önünde, arenada onurla ölmeyi isteyeceğine bahse gireceğimi anlattım.

"Siz de kabul edersiniz ki" diye eklemeyi uygun gördüm, "cinayet ne denli güzelse, kurban o denli az acı çeker!"

Kerbach bütün bunlardan sonra bir büyükbaşın kesilmesi ile cinayetteki herhangi bir güzellik arasında ilişki kuramadığını, sözlerimin müstakbel bir polis komiseri için hem yakışıksız hem de tehlikeli olduğundan hiç kuşku duymadığını söyledi.

27 eylül pazar

Bu akşam, Laetitia ve Francis'le birlikte geçirdiğim hafta sonundan iki üç imge hatırlayacak olsam, aklıma kızıl saçlı tatlı bir kız ile artık inanmamayı kabullendiğimi sandığım bir geleceğin şerefine içi roze şarap dolu bir kadehi kaldıran kalender, bıyıklı bir adam gelir. Laetitia'nın beline kadar sıyrılmış bej muslinden kısa eteğini, masanın altında ellerime hafifçe çarpan çıplak kalçalarını anımsarım. Montherland, Hemingway ve Mişima'ya sapan sarhoş sohbetimiz sırasında, üç ay olmadan, hayatıma son vereceğimi açıkladığımda, yarı kuşkulu, yarı eğlenen bakışlarını unutamam. Laetitia beni susturmak için dudaklarımdan öptü, ben de Francis'i alnından. Beriki geri kalmayı kendine yediremedi, aynı hızla kızıl saçlı kızın ağzına öpücüğü konduruverdi. Tanrım, bu kenti seviyoruz, şarabını seviyoruz, birbirimizi seviyoruz...

Lokantacı tarafından kovulunca, ışıklı köprüleriyle, sarhoş olmuş *bodega*'larıyla, güzel asfalt çiçekleriyle Lyon gecesinde dingince dolaştık. Laetitia'nın açtığı yeni şişeyi kafamıza diktik. Domuz yağı sürülmüş çöreği paylaştık, sonsuza dek birbirimize sadakat andı içtik. Salakça da olsa Laetitia bana "şarkı söyleyen gelecek" vaat etti, Francis şatafatlı bir geğirmeyle beni büyük bir aynasız yapacağına söz verdi ve ikimiz de ölünceye kadar Laetitia'yı sevmeye ant içtik.

Saint-Cyr'e döndüğümüzde 129 numaralı odaya daldık, Mozart'ın *Requiem*'inin nağmeleri eşliğinde ve huşu içinde bir şişe Château-Eychennes devirdik. Sessizce dua ettiğimizi ve yakarışlarımızın çok yukarılara çıktığını sanıyorum. Sonra da ağladığımı hatırlıyorum. Francis'in de gözleri kızarmıştı.

Saat beşe doğru, yorgunluktan ve içkiden sarhoş, uykusuzluktan devrilmek üzereyken, Laetitia ayaklanıp gider gibi yaptı. Andımızı bozmamasını rica ederek, bizimle kalmasını söyledim. Sendeleyerek soyunmaya başladığında, Francis sevgilimin kalçalarına uzun uzun bakıp, yanımızdan ayrıldı. Kafamız portakal rengi ve mor imgelerle dolu, hemen uykuya daldık.

Sabah tembellik yapmaya karar verdim, öğlene doğru şiddetli bir baş ağrısıyla kalktım. Tanrı doksan beş gün daha Camus'nün *Düşüş*'te dediği gibi dansın, hafif alkolün, öfkemin, başkalarının kendini şiddetle bırakıverişinin beni hem bitkin düşürücü hem de doyurucu bir mutluluğa sürüklediği, yorgunluğun sınırındayken, varlıkların ve dünyanın sırrını bir anlığına da olsa anladığım karmaşık gecelerimdeki başarıların diyeti böyle bir baş ağrısıyla uyanmamı nasip etsin.

Dünkü elbiselerimi giyip ilk sigaramı tüttürmek ve küçük yudumlarla kaynar bir kahve içmek için makinenin başına gittim. Bahçede Francis'i, arındırıcı bir terle ıslanmış saçları alnına yapışmış, gündelik jimnastik hareketlerini yapar buldum. Onunla birlikte soyunma odasına kadar yürüdüm, üçüncü sigaram lavabonun kenarında yanar dururken, Francis sabaha kadar uykusuzlukla boğuştuğunu anlattı. Aklına meslek hayatının başlarında tanık olduğu ve benim estetik cinayetleri konu alan incelememi ilgilendirebilecek olaylar gelmiş.

Saint-Cyr-au-Mont-d'Or'un tek kahvesine gittik; Francis orada bana uzun zaman önce Céline Canchale adlı birini tutukladığını, kadının o günden beri bir psikiyatri kliniğinde tutulduğunu anlattı.

"Dardanie, birden kadının o korkunç cinayeti, özellikle senin yorumunla estetik göründü. Bir düşün oğlum, aşağı yukarı senin yaşındaydım, fazladan bıyığım ve olgunluğum vardı tabiî, üstelik Orfèvres Rıhtımı'ndaki ünlü 36 numaraya tayin olmuştum. Olay Kutsal Cuma[4] patlıyor, dikkatini çekerim ! O sabah, 36'nın patronu La Courneuve'deki kuşkulu bir ölüm sebebiyle Cinayet Masası'nın bütün müfettişlerini topluyor. Oraya vardığımızda, ta üst katlara kadar yığılanların arasından kendimize yol açmak zorunda kaldık. Merdivenlerden çıkarken, kapılarının eşiğinde duran kadınların bizleri gördüklerinde neden istavroz çıkardıklarını merak ettiğimizi hatırlıyorum. Daireye girdiğimizde çıplak ve elleri ayakları bağlanmış bir cesetle karşılaşıp, dehşete düştük. Bu cinayeti işleyen insan, daha doğrusu kadın, neredeyse paranoyaya varacak bir ayrıntı düşkünlüğüyle, İsa'nın çarmıha gerilişini canlandırmıştı.

Gözlerinin önüne, iki buçuk metre yüksekliğinde ve yüz otuz santim genişliğinde bir haça ellerinden ve ayak bileklerinden bağ-

4. İsa Peygamber'in ölüm yıldönümü. (ç.n.)

lanmış, üzerinde bir örtüyle otuz yaşlarında bir adam getir. Canchale denen kadın, bir çılgınlık nöbeti sırasında, böylesi bir cezayı hiç de hak etmemiş bir zavallıya İsa'nın Çilesi'ni yeniden tattırmış. Adlî Tıp yetkilisinin ilk belirlemelerine göre, damarı tıkanıp ölmeden önce kurban saatlerce can çekişmiş. Cinayet yerinde ufak bir araştırma, işkencecinin kişiliğini belirlememize yetti. Dairede neredeyse hiç eşya yoktu ama, içerideki ikonaların, mumların, dinî eserlerin sayısı dikkati çekmeyecek gibi değildi.

Soruşturmanın eğlenceli olacağı açıktı. Tabiî, savcı vekilini saymazsak. Cesedi kısaca inceledikten sonra, bunun satanist eğilimli bir grubun işi olduğunu söyleyiverdi. Şurada burada bulunan belgeleri gösterip, istediğimiz kadar dairenin kurbana değil katile, Céline Canchale adlı bir kadına ait olduğunu anlatalım, söylediklerimize inanmaya yanaşmadı. Oradan uzaklaşıp, daireyi Olay Yeri İnceleme'deki çocuklara terk etmek zorunda kaldık. Bir saat kadar sonra 36 numara, Canchale'ın plakasını tüm devriyelere bildirdiğimiz Citroën kamyonetinin Saint-Denis Kilisesi'nin yakınlarında bulunduğunu haber verdi. Fransa tarihinin bu önemli mekânına gittik, altarın önünde dua iskemlesine diz çökmüş, verilen eşkâle uyan, elli yaşlarında, düşük omuzlu, bir deri bir kemik bir kadıncağız bulduk. Günahlarını çıkarması ve kutsal mekândan çıkması için bir saat kadar bekledik, sonra da 36 numaraya götürdük.

Sorguya aldık, endişelenmememizi, insanoğlunun üçüncü gün dirileceğini söyledi. Ne onun ne de insanoğlunun talihi yokmuş, beriki hâlâ La Courneuve'deki belediye mezarlığında, toprağın üç karış altında yatıyor. Sonradan, İsasına pazaryerinde rastladığını anlattı: aydınlık bir yüz, açık renk gözler, uzun saçlar ve kısa bir sakal. Mistik bir çılgınlığa tutulup, herifin İsa'nın ruhunun ete bürünmüş şekli olduğuna inanıyor ve yok olmak üzere olduğunu düşündüğü insanlığı kurtarmak için, adamcağızı kandırıyor, İsa'nın Çilesi'ni yeniden canlandırmak gerektiğine inandırıyor.

Soruşturmanın nasıl geliştiğine pek girmeyeceğim. Bana kalırsa, kapatıldığı kliniğe gidip, Canchale'le karşılaşman çok yararlı olur. Monesto'nun tavsiyelerini dinle ve kadını görmeye çalış, Cebrail ya da üç Müneccim Kral'dan biri falan olduğunu söyle, o da sana işlenmiş cinayetler içinde en estetik olanının bütün ayrıntılarını anlatsın."

28 eylül pazartesi

Korktuğum başıma geldi, bu sabah posta kutumda akşam altıda beni görüşmeye çağıran; psikoloğun sevimsiz üslubundan fazla umut bağlayamayacağımın anlaşıldığı notunu buldum. Savunmamı hazırlamam ve iyi niyetimi kanıtlamam için önümde koskoca bir gün var.

Sadece doksan dört gün daha yaşayacağım ve akademiden kovulma düşüncesi bir kâbus gibi. Ne var yani, diyeceksiniz, günlüğünü sayfiyedeyken yazsan, her gün de gidip Sophie'nin mezarını ziyaret etsen ne olur? Bu oldukça çekici bir fikirmiş gibi görünse de bende saplantıya dönüşmüş cinayet meselesini anlamam için akademinin sağladığı olağanüstü fırsatı bir kenara itmek, hem de Bayan Canchale'le tanışıp, apokrif İncil'i hakkında birkaç güzel sayfa yazma imkânına sırt çevirmek olur. Bir de, Laetitia'yı ve en iyi dostlarımı yitirmek.

Bu iç karartıcı duygulardan kurtulmanın en iyi yolunun incelememi yazmak olduğuna karar verdim. Kuşaklar boyu psikiyatri öğrencilerince en küçük parçasına kadar didikleneceğinden emin olduğum bu küçük günlüğün dışında, çağa Richter'in ya da Beaufort'un tasarladıklarına eş bir ölçeği miras bırakma hayaliyle, bu akşam kendimi çok daha iyi hissediyorum. Bu ölçeğin ileride benim adımla anılması, dünya yüzünde işlenen cinayetlerin bu ölçeğe göre değerlendirilmesi son arzum. Açıklayayım: Dardanie skalası cinayetlerin estetik ölçütlere göre sınıflandırılmasını sağlayacak birçok katsayıdan (ya da değerden) oluşacak. Bu konuda daha çalışmam gerek, ama örneğin, karısına ciddi ve hak edilmiş bir ceza vermek isterken bir anlık öfkeye kapılıp, bir tekmede kadını öldüren serserinin işlediği cinayetin 1 katsayısıyla değerlendirilmesi gerektiğini düşünüyorum. Bu heriften bahsederken üzüntülü bir tebessümle "Zavallı adam Dardanie skalasına göre 1 değerinde bir cinayet işledi" denecek. Böylesine aşağılayıcı bir değerlendirmeyle ağır ceza mahkemesi jürisinin affediciliğini muhakkak üzerinde toplar diyemesem de, mahpushane arkadaşlarının alaylarına, hakaretlerine maruz kalacağı, herife bahtsızlığının, durmadan hatırlatılacağı muhtemel. Zavallı yirmi yıllık hapishane hayatı boyunca bir parça daha yaratıcılık göstermemenin pişmanlığını yaşayacak.

Öte yandan, uzun uzun tasarlanmış, büyük bir özenle gerçekleştirilmiş, dekor seçimindeki titizliğiyle dikkat çeken bir cinayetin katsayısı yüksek olacak. Böyle bir cinayet, failinin göğsünü kabartacak, gazetelerin birinci sayfasında, birkaç sütunda verilecek. Katil aldığı yüksek notu göstererek ceza indirimi ya da koşullarda hafifletme talep edebilecek: üstlendiğim misyonu tamamlayacak kadar zamanım olsa, adımı taşıyan skalaya göre 8'le değerlendirilen bir katilin en iyi muameleyi görmesine çalışırdım. Böyle bir katilin gözaltındayken istediği gibi sigara içebileceği ya da televizyon karşısında oyalanabileceği biçimde döşenmiş bir hücresi olurdu. Kahve istediğinde, tepsiyi en güzel polis memuresi getirir, sorgusu bizzat benim tarafımdan, büromda gerçekleştirilir, konunun uzmanları olarak, günümüz katillerinin sanattan nasiplerini almamış olmalarından yakınırdık. Sonunda da, en derin saygılarımı sunar, onu kutlardım... Şaka yapıyorum tabiî, ama cinayette estetik skalası fikrini geliştirmek gerekir.

Edgar Poe'nun ya da Hitchcock'un imgeleminden kaynaklandığını düşündürten cinayetlerinin yaygın ünü nedeniyle Karındeşen Jack'i ele alalım. Çılgın Jack altı aydan da az bir sürede vücutlarını pazarlamak zorunda kalan yoksul kadınlarıyla ünlü bir mahallede, Londra'nın kuzey banliyölerinden Whitechapel'da, en az dokuz fahişenin bağırsaklarını dökmüştü. Tek bir tanık bulunamadı. Müfettişlerin katilin eşkâlini belirleyebilecekleri, dalgınlıkla kadınların karınlarının deşilmesine tanık olmuş ne çakırkeyif bir aile babası ne de heyecan peşinde bir paralı asker. Anlaşılan Jack'in kendisi de bu durumdan umutsuzluğa kapılmış olmalı ki, polise bir mektup gönderdi, sadece onun bilebileceği ayrıntılardan söz edip, cinayetleri üstlendi. Şimdi, Karındeşen Jack'in marifetlerini Dardanie ölçeğine göre değerlendirelim: yaptıkları, dönemin cinayetleri içinde şaheser gibi duruyor. Hem, Karındeşen Jack tarihin kaydettiği ilk seri cinayetlerin faili olduğundan, hem de bütün bu cinayetleri işleyen kişi, gizemini çözmek için üzerine yüzlerce kitap yazılacak kadar anonim kalmayı başardığından. Kuşkusuz, Jack'in cinayetlerine bir tutam daha orijinallik katabileceği söylenebilir. Bu karın deşme dizisi beni de biraz öfkelendiriyor. Bir de, eğer istatistiklerim doğruysa, ortalama kırk dört yaşında olan, boyları bir elli dört ortalamasını geçmeyen ve ön dişlerinden ortalama beşi eksik, zavallı ve savunmasız kadınlara musallat olma alçaklığını göstermesini de pek içime sindiremiyorum. Yine de büyük üstat olarak tanımlayacağım bu kişiye, çok hak edilmiş bir 7 veriyorum.

Birkaç ay önce Picardie'nin güneyinde, iyi bir aile çocuğunun işlediği, La Bruyère'e "Eğer yoksulluk cinayetlerin anasıysa, babası da akılsızlık" dedirten ve tüm televizyonların haber saatlerinde anlatılan kardeş cinayeti bunun tam tersi bir örnek. *Strico sensu*[5] bakıldığında cinayet insanı düş kırıklığına uğratsa da, genç adamı kardeşini kurşunlamaya iten koşullar bana öylesine tuhaf, o kadar gülünç gelmişti ki, sayfalarına merhumun güzel bir şiirini ekleyen *L'Observateur du Beauvaisis* gazetesinin olaya ayırdığı makaleyi kesip saklamıştım. Söz konusu delikanlı, Arnold, günde yarım gram kokain çeken, önüne gelenle yatan, on yedisine yeni basmış bir kahpeyle, Nelly adında biriyle birkaç haftadan beri birlikte olmanın mutluluğunu yaşıyordu. Arnold cılız aklıyla kıza daha iyi duygular kazandırmayı umuyor, bunun için de onunla evlenmeyi tasarlıyordu. Küçük kardeşi abisini kararından döndürmek için elinden geleni yaptı. Gözleri aşktan körleşmiş Arnold kardeşini dinlemedi, kararının değişmez olduğunu, yılbaşı gecesi vesilesiyle Nelly'yle nişanını ilan edeceğini söyledi. O yılın 31 aralık gecesi, Nelly kahpesi yüz kadar davetliyle birlikte partiye katılmışken, daha birkaç dakika önce onu müstakbel eşi olarak tanıştırmış erkeğin öz kardeşiyle, hayretten dona kalmış konukların gözü önünde uzun uzun öpüşmekten çekinmedi. Arnold kardeşini tokatladı, ama Nelly'yi bağışladı. Kafası çalışan küçük kardeş planından vaz geçmedi ve bütün konuklara, üstünkörü bir okumayla bile katlanılmayacak kötülükte, onu son derecede gülünç duruma düşüren, Nelly'yi de hak ettiği yere oturtan imzasız bir mektup gönderdi. Kısacası, küçük kardeş tahammül sınırını aşmıştı. Corneille'e layık bir ruha sahip Arnold, hakareti kanla temizlemek gerektiğine karar verdi. Babasının yatağının başucu masasına sakladığı tabancayı aldı, kardeşinin odasına girdi ve genç adamı uykuda kurşunladı.

Bu cinayet birçok açıdan düş kırıcı. Her şeyden önce estetiksel değerini düşürecek derecede aceleye gelmiş. Bundan, abisinin evlenmesini önlemek için aşırıya kaçmak zorunda kalan kur-

5. Latince: "kelimenin dar anlamıyla". (ç.n.)

banın Nelly'yi öldürmekle daha doğru davranacağı sonucunu çıkarıyorum. Merhum kardeşin estetik cinayet becerilerine hiç halel getirmeden, yapacaklarını tasarlayacağını ve cinayeti büyük bir titizlikle hazırlayıp, gerçekleştireceğini düşünüyorum. O gencin içinde bir deha saklandığı fikrinden ve ölümüyle büyük bir ustadan yoksun kalışımızın üzüntüsünden kurtulamıyorum.

Bu kardeş cinayetinde bu denli amatörce davranış, neden? Yazık ki cinayetlerden sadece estetizmi aklımızda tutmayı öğrendik... İsimsiz bir batakhanenin sessizliğinde, tek bir orospuyu, ensesine bir kurşun sıkarak öldürseydi, Karındeşen Jack'i anar mıydık? Cinayetlerini duygusal olgunluğuna göre işlemeyip de müfettişleri böylesine zorlamasaydı, Boston Canavarı De Salvo'yu hatırlar mıydık? Hayır, "öldürmek için öldüren" Arnold'un biraz daha fazla titizlenmemesine üzülmemek mümkün değil. Mektubu okuduktan sonra küçümseyen bir aldırışsızlıkla, birkaç hafta sabretmesi, bu süreden yararlanarak da ağır ceza mahkemesindeyken yüzünün kızarmayacağı, dört dörtlük bir cinayet tasarlaması yeterli olurdu. Nietzsche'nin de dediği gibi, ne yazık ki çoğu zaman katil eyleminin yüceliğine ulaşamıyor.

Böylece, Arnold ilke açısından soylu olan eylemini, gerçekleştirme aşamasında düşüncesiz. Ne var ki, bu kardeş cinayetinin dramatik koşulları ile kurbanın kişiliği eylemi az da olsa değerli kılıyor. Cesaretlendirmek amacıyla da olsa, 2 veriyorum.

Projemin bu aşamasında, kuramımın bütün girdisini çıktısını çerçeveleyemedimse de, konuya yeniden dönme fırsatı bulacağımdan eminim. Bu akşam sistemin gerçek temellerini oluşturmak amacıyla, listenin tamamlandığı iddiasından uzak, estetik bir cinayetin gerçekleştirilmesinde biri temel, diğerleri tamamlayıcı ya da ikincil önemde beş etken belirledim. İnceleme çerçevesindeki önem sıralarına göre sayıyorum: faili harekete geçmeye yönelten nedenler, cinayeti gerçekleştirirken yararlandığı imkânlar ve failin gösterdiği yaratıcılık, harekete geçmeden önceki ruhsal durumu, cinayetin hemen ardından tepkisi, cinayetin tekrarlanması ya da tekrarlanmaması, dekor seçimi ve cinayetin sahneye konmasındaki özen, kurbanın kişiliği ya da statüsü. Bütün bu etkenlerin bileşimi cinayetlerin sanatsal planda kıyaslanmalarını sağlayacak koşulları yaratacaktır.

29 eylül salı

Sabahın biri ve odam hemen hemen karanlık. Elim titremelerle sarsılıyor ve bu gecenin öyküsüne sonsuzluk kazandırmaya uygun sözcükleri bulmakta zorlanıyorum. Defterde topu topu iki yüz sayfa var. Günde iki sayfa hesabıyla yeteceğini düşündüm. Zihnim öylesine sisli ki, güzel deyimler bulamıyorum. Onun için, basitçe anlatacağım: psikolog kadına vurdum ve öldürdüm. Monesto'ya gelince, hâlâ hayatta mıdır bilemiyorum ama, darbelerimden sonra sağ kalmayı başardıysa, gıpta edilecek bir durumda olmadığı kesin.

İncelememi yazmaya öylesine dalmıştım ki, neredeyse psikologla olan randevumu kaçırıyordum. Kerbach geciktiğim için beni azarladı, sonra da tutarsız davranışımla, saygısız konuşmamla ve inceleme konusu seçimimle ilgili bölük pörçük hatırlayabildiğim uzun bir monoloğa girişti. Az kalsın sınavda çakmama neden olan genel kültür kompozisyonumun bir kopyasını da edinmişti. O yılki konu ölüm cezasıyla ilgiliydi, ben de idam cezası kaldırılırsa mükelleflerin az masraflı, çok renkli ve arınma açısından çok değerli seyirlerden yoksun kalacağının altını çizmenin doğru olacağını düşünmüştüm.

Söylediklerine fazla dikkat etmedim. Kuramıma birkaç sayfa, Dardanie skalasına birkaç basamak daha eklemeye can atıyordum. Kafamda o sırada kâğıda dökemeyeceğim kusursuz fikirler, güzel cinayetlerle, görkemli katliamlarla, eğitici ölümlerle ilgili edebî ya da sinematografik referanslar vardı. Kerbach birkaç kez gözlerini bana dikti, sözlerini dinliyor muyum yoksa dinlemiyor muyum, öğrenmek istedi. Kendimi savunmak için söylememde yarar var, inişsiz çıkışsız, biteviye bir sesle konuşuyor ve tükenmezinin kapağını aptal aptal dişliyordu.

Bana kalırsa en büyük suçu, etkilendiğim ve bilincinde olduğum rahatsızlığı fark ettiğini psikolog jargonu ardına gizleyememesiydi. Zihinsel mirasımı kesinlikle reddetmediğime hem Tanrı, hem de ilk satırından beri şu günlük tanıktır. Kerbach'ın nereye varmak istediğini hemen anladım. Onun bahtsızlığı, hastasını küçük görmek oldu. Dün akşam, rakibime karşı önemli bir üstünlüğüm vardı. Öğrenci odamın sessizliğinde verimli otoanalizlere zaman ayırdığımdan, sayısız psikiyatri ve patolojik psikoloji eserine başvurduğumdan, rahatsızlıklarım hakkında çok ayrıntılı bilgi sahibiydim. Zihinsel özürlerimin müzesini birçok kere, güçsüz bir izleyici gibi gezdim; bir de kafamın içini açık bir kitap misali okuduğuma inanmak gibi bir zaafım var.

Yarım saatlik bir sohbetin sonunda, beni etkileyen rahatsızlığı belirlediğini anlamıştım. Bu buluşma sırasında son derecede dikkatli davranmaya yemin etmiş olmakla birlikte, yazmakta olduğum inceleme kafamı öylesine meşgul ediyordu ki, konuşmanın yavaş yavaş dengesizliğime ve saplantılarıma saptığının farkına varamadım. Kerbach'ın analizi zekiceydi, bilgisi de geniş. Yavaş yavaş beni üzerimdeki örtüyü atmaya sevk eden konuşmayı yönlendirmedeki ustalığını, *a posteriori* de olsa, hayranlıkla hatırlıyorum. Yanlışı, teşhisini bana hiçbir önlem almadan açıklamakla yaptı.

Birden, beni bekleyen yakınımdaki tehlikenin farkına vardım ve kadının sezgilerinin sonuçlarını hesapladım: akademiden kovulma, incelememi tamamlayamama ve zihinsel durumum ile müstakbel görevlerim arasındaki bağdaşmazlığa karar vermekte gecikmeyecek bir psikiyatrlar komisyonu karşısına çıkma.

Kadıncağızın talihsizliği neyi bildiğini, o bilmeden önce bilmemdi. Kısacası, ortadan kaybolması gerekiyordu, onu yok etmem gerekiyordu. Akıllı davrandım ve söyledikleri karşısında öfkelenip, tanısını reddetme yoluna gitmedim. Derin bir aldırışsızlığa büründüm, inatçı bir migrenden yakındım ve pencereyi açmak için izin istedim.

Yazı masasının çevresini döndüm. Kerbach'ın arkasına dolandığımda, başım dönmeye başladı. Suçluluk duygusunun birden elimi kolumu bağlayacağından korkup, kolumu kaldırdım. Ensesine gözünde şimşekler çaktıracak şiddette bir darbe vurdum. Yığıldı.

Kerbach çığlık attı mı, atmadı mı, söyleyecek durumda değilim. Darbeyi yer yemez mi öldü; onu da. Bir tarafı kanamıyor, kıpırdamıyordu. Hemen soluğunu kontrol edecek ya da nabzını tutacak kadar yaklaşmaya cesaret edemedim. Düşündükçe, yazgısına ya da yazgıma ağlama isteği duyduğumu da hatırlamıyorum.

Sendeliyordum. Kulaklarım uğulduyor, bacaklarımın üzerinde durmakta zorlanıyordum. Öte yandan, belimdeki şiddetli sancıyı o akşam ardı ardına salgılanan adrenaline bağlıyorum. İçinde bulunduğum ruh halini anlatmak güç. Başımı ağrıtan, kafamdan bir türlü atamadığım temel bir düşünce; kaçma, hemen ve uzağa kaçma, postu kurtarma düşüncesi, durmadan beynimi kemiriyor, en ufak hareketimi bile denetlemeye çalışıyordu. Daha ilginci, yüzlerce başka düşüncenin, hepsi birbirinden aptalca binlerce izlenimin buradan olabildiğince çabuk uzaklaşma isteğimi yok etmesi ve bana rağmen bütün dikkatimi çekmesiydi. Birkaç saniye boyunca bakışlarım Kerbach'ın çıplak baldırının şekline ve rengine çivilendi, kendime bu çıplak baldırın kıvrımını ve beyazlığını bütün hayatım boyunca hatırlamam gerektiğini tekrarladım. Bir de, eğer bu işten sıyrılmayı başarırsam, Thou Dağı'na çırılçıplak tırmanmaya söz verdiğimi de hatırlıyorum. Bu adağım bana hemen saçma göründü ve ardından da eğer bir dakika içinde yaptığıma layık yeni bir adak bulamazsam, tutuklanmamın önlenemeyeceğine karar verdim. Olay yerinden ayrılmaya hazırlanırken, ölüye bakmak, belki de seyretmek için burada biraz daha oyalanabileceğimi, hareketimin sonucuyla biraz daha yüzleşebileceğimi, düşündüm.

Cesedin karşısında, ayakta geçirdiğim dakikayı bir ikincisi, bir üçüncüsü izledi, sonunda sakinleşmeyi başardım. Yazı masasının kenarına iliştim ve ayakkabımın ucuyla Kerbach'ın bileğini kaldırdım. Bıraktığımda, kadının kolu yere düştü. Artık yaşamadığını düşünerek, rahatladım.

İşte o zaman, cinayetle suçlanma tehlikesiyle karşılaşmamak için, bir önce oradan uzaklaşma kararından vazgeçtim. Hemen ardından, insanları psikoloğun binanın üçüncü kat penceresinden düştüğüne inandırarak, ölümüne bir kaza süsü verebileceğimi düşündüm. Bunun için, Kerbach'ın cansız vücudunu pencereden itmem yetecekti. Pencereden kazayla düşme iddiamı daha da inandırıcı kılmak için, iskemleyi pencerenin yakınına getirmem ve üzerine de birkaç temizlik ürünü yerleştirmem yeterdi. Kadının cansız parmakları arasına, daha önceden camı sildiğim bir bez sıkıştırmam da gerekecekti. Daha sonra, binanın yakınında cesedi bulunduğunda, "Titizliğinin kurbanı oldu" denilecek, ben de bunu duyup, gülümseyecektim.

Önemsiz bir hedef karşılığı hem akademiden kovulmayacak hem de, mükemmel bir cinayetin faili olarak onur kazanacakken, psikolog cinayetine basit bir ev kazası süsü verebilme fırsatı pek hoşuma gitmedi. Beni utandıracak kadar kalleş ve çok daha tehlikeli başka bir yol bulmak için bu çareden neden vazgeçtiğimi anlatmak güç. Tekrar ediyorum, projenin kafamda hangi aşamalardan geçtiğini belirlemem mümkün değil. Bu amaçla yapılacak her girişim, hareketin yeniden canlandırılması, hareketten sonraki çağrışımlar temelinde gerçekleştirilecek bir yorum mekanizması gerektirir. Bu günlüğün yaşadığım saatler boyu aklıma gelen düşüncelerin ayrıntılı ve güvenilir bir tanığı olmasına çok büyük önem veriyorum.

Düşününce Kerbach'ın hareketsiz ve yararsız, terk edilmiş ve emre amade cesedinin bana onu kullanma, ondan bir alet gibi faydalanma arzusu verdiğini söyleyebilirim. Şaşırtıcı bir soğukkanlılığın etkisinde, korkunç derecede sakindim. Ne kadar mümkün olursa olsun, temizlikçi kadının ya da binanın güvenliğinden sorumlu polislerden birinin her an odaya girebilmesi riskine aldırmıyordum. Kerbach'ın elbiseleri üzerinde iz bırakmamaya gayret ederek, kadını soymaya giriştim.

Monesto'yu psikoloğun bacaklarının arasına girerken gözümün önüne getirdim ve her sevişmelerinde sergilediği performansı, Kerbach'ın psikanalitik kuramlarının kantarına vurabileceği düşüncesini kafasından nasıl attığını merak ettim. Kadının düşüncelerini yüksek sesle açıklamış olması da muhtemel, yoksa sonuç korkunç olabilirdi. Yine de, herifin bütün bunları düşünmesi gerekirdi. Bir psikologla yatmak cezasız kalamaz. Bana kalırsa, insanı böyle bir partner seçmeye götüren nedenler son derecede karmaşık olmalı. Daha bu sabahki tutukluğunu, bastırılmış arzularını –daha da yararcı olmak gerekirse, cinsel bozukluklar ya da erken boşalmaları– düşünüp neşelenmeden edemiyorum. Monesto mahrem bir dokunuşa, biraz cüretli bir dil oyununa cesaret etmiş, masum bir fantezi önermiş ya da olsa olsa uygunsuz bir aşk pozisyonunun üstünlüklerini saymış olabilir mi? Hayır, kesinlikle hayır! Etraflı bir analize konu olmak korkusundan, Monesto'nun kucaklamalarının çok masumca, çok sade olduğundan eminim: tek kaygısı sağlık olan sevişmeler, hepsi bu.

Monesto ile merhume arasındaki mahrem ilişkileri acımasızca düşünmek, ceset bulunduğunda adlî polis eğitmeninin eninde sonunda oldukça önemli bir sanık olarak görüleceği sonucuna götürdü beni. Psikologla olan evlilik dışı ilişkisi, tepkisel ve karmaşık kişiliği onu daha şimdiden olası bir şüpheli durumuna düşürüyordu; bu kuşkuyu gerçeğe çevirmenin iyi olacağını düşündüm.

Bu çözüm basit değildi ama, beni katillerin kılığına büründürerek, ruhlarının karanlığına sokarak, bana tıpkı bir etnolog ya da toplumbilim araştırmacısı gibi kendi suçlu kişiliğimi değerlendirme fırsatı veriyordu. Böylelikle, sosyolog Max Weber'le katılımcı etnoloji olarak adlandırabileceğimiz ve amacını anlamak üzere araştırmacının başkalarının davranışlarıyla bütünleştiği bir yöntem sayesinde, bazı teorileri deneme imkânı buldum.

Aman dikkat, ne ben deliyim ne de estetik cinayet konusundaki araştırmalarım, çevreme ölüm saçmam için alçakça bir bahane. Adi hükümlü –bu hükümlü hapisteyken anılarını yazmış da olabilir– ile benim işleme imkânını bulduğum cinayet arasındaki fark, benimkinin mantıklı ve işlevsel oluşundan başka bir şey değil.

Yeniden gerçeklere dönelim: akşamın altı buçuğunda psikoloğun ensesine şiddetli bir darbe indiriyorum, yere yığılıyor. Birkaç saniyelik panikten sonra, ölümüne basit bir ev kazası süsü vermeyi düşünüyorum, basit ve inanılır bir senaryo sayesinde bu çözüm bana aralarında kovuşturmadan kurtulmanın da bulunduğu birçok avantaj sağlıyor. Böylesine kolay bir kaçış cinayetin estetiği konulu bir kuramın yaratıcısını tatmin etmeyince, cinayeti sevgiliye yüklemeye karar veriyorum. Tezime inanılırlık kazandırmak için, biraz yaratıcılık göstermem gerekiyor. Herkesin Monesto'nun elinden çıktığını düşüneceği bir, sonra da iki imzasız mektup yazmayı düşündüm. Bunun için, adlî tıp hocasının bürosuna girmem gerekti. Kerbach'ın çantasında, Monesto'nun inine girmeme yarayacak bir maymuncuk buldum. Adamın dolabından bir çift lateks eldiven ile örnek almada kullanılan bir cımbız aldım. Eldivenleri ellerime geçirdim, bilgisayarında aceleyle iki mektup yazdım ve yazıcısında bastım. Psikoloğa yazdığı birinci mektubundaki cümleler gereğinden de açık olmasın, ama başka ipuçlarının ışığında Monesto'yu hiçbir kuşkuya yer bırakmayacak biçimde mahkûm etsin istiyordum. İkinci mektuptaysa sadece tek bir cümle vardı: "Özür dilerim, sizi seviyorum, Elveda." Psikoloğa hitaben yazılan mektupta ne tehdit ne de öfke dolu bir haykırış vardı; daha ziyade alaycı ve şakacıydı, kolaylıkla Monesto'ya atfedilebilecek ve yazarın cinsel bozukluklarına değinen, Kerbach'ın birleşme sırasında partnerinin Oidipusvari suçluluk duygularını hatırlattığı cümleler içeriyordu.

Monesto'nun bürosundan ayrılmadan önce, cımbızla iskemlesinin arkalığından iki saç teli ile bir kenara atılmış kazağından üç dört kıl aldım. Cinayet mahalline dönüp, psikoloğun tırnağının altına bir saç teliyle iki kıl sıkıştırırken, çağırılacak adlî tıp uzmanının işini düzgün yapmasına dua ettim. Sonra da işin güç bölümüne geçtim, iki sevgili arasında çıkan ve kötü sonuçlanan tartışma izlenimini vermek için Kerbach'ın cesedine yumruk üzerine yumruk indirmeye giriştim. Monesto'nun sağ elinin yüzük parmağında kocaman bir yüzük taşıdığını hatırladım; bu nedenle bir bıçak yardımıyla Kerbach'ın sol elmacık kemiği üzerinde ince çizikler oluşturmaya uğraştım. Sonra da, ceketimin cebinde imzasız mektuplarla yemekhanenin yolunu tuttum.

Monesto'nun masasının biraz ötesinde, Francis ile Rodolphe'un yanına oturdum, arkadaşlarımla dereden tepeden söz ederken, bir yandan da ne denli soğukkanlı olabileceğimi düşündüm. Oturduğum yerde uzun uzun oyalandım ve Monesto tatlısının sonuna geldiğinde tepsimi götürdüm. Öğretmenin önünden arabasına kadar gittim, imzasız mektupları Mercedes'in sileceğinin altına iliştirdim. Monesto birkaç saniye sonra ıslık çalarak geldi, mektupları aldı. Sırtı bana dönük, zarflardan birini açmaya çalışır, parmak izlerini bırakırken, üzerine atıldım ve Mercedes'e doğru fırlattım. Kafasını hızla kapıya çarptı, yüzü yere dönük, baygın düştü. Ata biner gibi sırtına çöktüm ve vahşice yüzünü tırmalamaya koyuldum, sonra bir daha, bir daha. Yüzü kanayınca, birkaç damlayı lateks eldivene aldım.

Monesto'yu şoför koltuğuna yerleştirdim, bileklerini kestiğim bıçağı ayaklarının dibine bıraktım, sonra da bilgisayarından çıkarttığım ve "Özür dilerim, sizi seviyorum, Elveda." yazılı mektubu görünür bir yere yerleştirdim. Psikoloğun bürosuna dönmek, sevgilisinin parmak izlerini taşıyan ikinci mektubu masasının üzerine yerleştirmek ve lateks eldivendeki birkaç kan damlasını Kerbach'ın elbiselerinin üzerine ve tırnaklarının arasına sürmek on dakikamı aldı.

30 eylül çarşamba

Dün sabah okul müdürü amfiye gelerek Komiser Belize'in verdiği olay yeri inceleme dersini böldü. Kişiliksiz bir sesle Bayan Kerbach'ın bir gece önce, kuşkulu bir biçimde öldüğünü, Bay Monesto'nun da kritik bir halde hastaneye kaldırıldığını anlattı.

"Okulunuz" diye ekledi, ne denli sarsılmış olduğunu belli ederek, "şu an tarihinin en güç döneminden geçiyor. Psikoloğunuz size destek vermek için yanınızda olmayacak. Dün gece gitti. Bayanlar, Baylar, birkaç ay sonra diğer yeteneklerin yanında büyük bir soğukkanlılık, disiplin kadar ketumluk da gerektiren komiserlik görevini üstleneceksiniz. Daha bugünden, bu özelliklerinizi kanıtlayacağınıza inanıyorum. İşte bu yüzden, eğitmenlerin tümünün de onayıyla, okulumuzda dün cereyan eden olayları saklamamaya karar verdim. Soruşturmanın en yeni sonuçlarına göre, evet, soruşturma yapılıyor, Bayan Kerbach dün gece bürosunda, yüzüne aldığı darbelerle öldü. Bu arada, bu darbelerin faili olduğundan kuşkulanılan kişinin şu anda, intihar girişiminden sonra Hôtel-Dieu Hastanesi'nde gözetim altında bulunduğunu söylemekten acı duyuyorum. Bayan Kerbach'ın anısına saygı göstermek amacıyla, olay aydınlatılana kadar olanlardan mümkün olduğunca az konuşmanızı, konuya dönmemenizi rica edeceğim. Size bu söylediklerimden sonra, soru sormayacağınızı düşünüyorum."

Okul müdürü cesaret verici bir tebessümün ardından topuklarının üzerinde dönüp gittikten sonra, Belize derse kaldığı yerden devam etti, bizlerden tek bir ses bile çıkmadı. Aramızdan çoğunun üzerine çöken haklı heyecanı ve samimi üzüntüyü ele veren tek şey, kaçmak bakışlarımız ve asık yüzlerimizdi. Tüm gün boyunca, okul müdürünün bize gösterdiği güvene layık olduğumuzu kanıtladık, trajediyle ilgili tek bir imada, tek bir dokundurmada bulunmadık. Akşam olduğunda, Minguettes'in altmışa yakın odasında diller çözüldü, cevapsız kalmış sorular yerlerini en akıl almaz varsayımlara bıraktı.

Oscar, Rodolphe ve Laetitia 129 numaradaki odama geldiler. Francis'in köy bakkalından aldığı altı şişe Château-Eychennes'i açtık. Bir polis akademisinde katledilmekteki ironiyi acı acı yorumladık. Sizin de tahmin ettiğiniz nedenlerle, olayların aldığı biçimden ve sevgili dostlarımın vardığı yorumlardan özel bir tat almıyor değildim. Oscar çok şaşırdığını, iki tarafa da çok yakın olmasına rağmen, hiçbir şeyden kuşkulanmadığını itiraf etti. Kollarıma sığınmış Laetitia da kocaman yeşil gözlerini bana dikerek aşkın bazen tuhaf yollara sapabileceğini söylediğinde, bir anlığına Thou Dağı'nda olanları kısmen de olsa hatırlamaya başladığını düşündüm. Cinayet konusunda eski kulağı kesiklerden olan Francis her biri diğerinden daha da inandırıcı bir sürü varsayım üretti. Bunun önceden tasarlanmış bir cinayet olmadığını, yavaş yavaş gücünü yitirdiğini ve psikiyatrın elinden kaçmaya başladığını hisseden Monesto'nun bir anlık öfkeye kapıldığını düşünüyordu. Laetitia tam tersine, psikoloğun Monesto'yla evlenmek istediğini, adamın mecazî anlamda gırtlağına sarılındığını hissedince ilk tepkisinin Kerbach'ın gırtlağına gerçek anlamda sarılmak olduğu inancındaydı.

Gecenin büyük bir bölümünü tartışarak geçirdikten sonra, sabahın üçüne doğru bilgece ayrılmaya karar verdik. Gerçekten de kütüphanelerde araştırma yapmak ya da seçtiğimiz katillerle hapishanede konuşmak için, sabah erken kalkmak zorundaydık. birkaç saat sonra Bayan Canchale'le görüşecek olmak beni öylesine etkilemişti ki, arkadaşlarımı geçirdikten sonra uzun süre uykuya dalamadım.

Lyon-Paris yolculuğu güç oldu. Kerbach'ın, benim yüzümden, vücudu ve ruhuyla yok olduğunu aklımdan söküp atamadım. Dindar olmadığım –Tanrı beni korusun– için, ebedî hayata inananlardan değilim. Üstelik, Tanrı gerçekten de varsa, beni bu dünyaya ebedî selameti bulmam için göndermediği de kesin; en güçlü çığlığımı Lautréamont'la birlikte atacağım: "Yaradan'ın hiçbir şeyine gıpta etmiyorum, ama bıraksın, gitgide daha görkemli hale gelen cinayetler dizisinin arasından, kaderimin nehrini aşayım."

Bu kasvetli düşünceler ancak Clermont de l'Oise Psikiyatri Hastanesi'nin görkemli kapısının önüne vardığımda yakamı bıraktı. Akademiden aldığım ve arkadaşım Monesto tarafından imzalanmış tavsiye mektubunu gösterince, bir görevli gürültülü ve rahatsız görüşme odaları yerine, beni daha uygun olacağını söylediği gözetmen odasına götürdü. Bayan Canchale'in bazen kafasının karıştığını, saldırgan ya da kuşkucu olabildiğini söyleyerek, konuşurken doğrudan konuya girmememi, fazla ısrarlı sorularla kadıncağızı zorlamamamı öğütledi. Bundan iki yıl önce drama dönüşen son görüşmemin hatırına, kibarlık göstermeye karar vererek, sabırla bekledim. Birkaç dakika sonra, gözetmen kapıyı açtı, Bayan Canchale'in girmesi için kenara çekildi; kadın, gözlerinde "şehvetli" diye tanımlamak zorunluluğunu hissettiğim –daha uygun bir tanım bulamıyorum– bir bakışla masaya oturdu. Beklediğimden çok daha genç göründüğünü, bu hastanede geçirdiği uzun yıllardan pek etkilenmediğini fark edince şaşırdım. Bayan Canchale ona gönderdiğim mektuplar için teşekkür etme zahmetine katlandı, birbirimize birkaç nezaket cümlesi söyledik.

Daha başlangıçta çılgına benzer bir yanı bulunmadığını, ama içinde bulunduğu bir durum onu aşıyor ya da canını sıkıyorsa çareyi deli taklidi yapmakta bulduğunu hemen anladım. Konuşmamız sırasında konu hoşuna gitmeyecek bir tarafa yöneldiğinde, Bayan Canchale'i anlamsız sözler söyler, aptallık komedisi oynarken iki üç kez yakalamayı başardım. Kaşlarımı çatarak şaşkınlığımı belirttiğimde, gülümsedi ve sanki beni kucaklamak istermişçesine, kollarını açtı. Sohbeti asıl ilgimi çeken alana getirmeden önce, tam bir saat boyunca hastanedeki yaşam koşullarının güçlüğüyle, hastaların ve hastabakıcıların kabalığıyla ilgili konferansını dinlemek zorunda kaldım.

Tabiî ilk sorularım, hüküm giydikten yirmi yıl sonra bile hastanede gözetim altında tutulmasının nedenleri hakkında ne düşündüğüyle ilgiliydi. Kendini cinayetle mi suçladığını, yoksa kaza ya da delilik bahanesinin ardına mı sığındığını öğrenmek için sabırsızlanıyordum. Bayan Canchale uzun uzun konuştu, zamansız dul kalmış annesinden kusursuz bir Katolik eğitimi aldığını, bu eğitimin de etkisiyle daha erken yaşlarda tüm günah eğilimlerinden uzak, çile çekmeye karar verdiğini anlattı. Anlaşılan Bayan Canchale'in annesi, erkeğinin ölümünden az sonra, kaba bir tabibin tacizine uğramıştı: doktor, annenin yakındığı bir kadın hastalığını, pek bilimsel olmayan bir yöntemle tedavi etmişti. Kadıncağız apacı bir ilacı içmeyi, art arda yapılan iğnelerin yakıcılığını, hatta ağrılarını dinlendirecek iffetli elleri yeğlerdi kuşkusuz, ne var ki şehvet budalası doktor, tedavinin çok daha enerjik olması gerektiğini, derinleştirilmesi zorunluluğunu iddia etmiş, bu tedavi de kadıncağızda hayatı boyunca sürecek bir kirletilmişlik, lekelenmişlik duygusu bırakmıştı. Yaşlı Hippokrates'in kural yıkıcı ellerinden geçmek zorunda kalan birkaç ihtiyar köylü kadında da görüldüğü gibi, bu uğursuz öyküden geriye, biricik kızına da bulaştırdığı bir erkek düşmanlığı, erkeklikten iğrenme kalmıştı.

"Gözüme son derecede saf göründüğünüz için, Bay Dardanie, pek mutlu geçmeyen, ama tüm benliğimle ve ruhumla tutkuların en şiddetlisinin pençesine düşmem için yaşamam gereken çocukluğumdan söz ederken içimde sanki bir utanç duyuyorum. Ansiklopedi satıcısı babamı pek az tanıdım. Ölümüne neden olan zatürreenin pek gizleyemediği frengiyi yolculuk dönüşünde karısına ve başka kadınlara cömertçe dağıtması annemi hem böyle bir talihsizliğin başına gelmesi, hem de vücudunu doktorun günahkâr ellerine teslim etmek zorunda kalması gibi çifte bahtsızlığa uğrattı. Babamın ölümünü kurtuluş gibi karşıladı, ilahî ve adil bir cezanın işareti olarak gördü. Beş yaşındaydım, babamı akşam olduğunda, tek zevki beni dizlerinin üzerinde hoplatmak olan cömert biri, çalışkan bir insan olarak –en azından ben– hatırlıyorum. Bu örneğin zavallılığını bağışlayacağınızı ve bu tek anının, beş yıllık bir baba eğitiminin bedelini ağırlaştırdığını kabul edeceğinizi umuyorum. Her neyse, acıma duygusundan yoksun bir tabibin el çabukluğu, bana genç yaşımın verimsizliğinin yüz katına mal oldu. Kırk yılı aşkın bir süre boyunca annem bakire bir ceset olmama uğraştı. Kızlık zarımı korumak için üstlendiği yarı tanrısal misyonunun güven duygusuyla cinsellik ile cürmü karıştırdı. Onun kutsal görevi, bir kaçık olmama yol açtı. Bizzat Doktor Freud'un daha önce hiç erkek tanımamış ya da çok az tanımış bazı nevrozlu kadın hastalarına ne tavsiye ettiğini biliyor musunuz, Bay Dardanie: *'Rp. Penis normalis –dosim– Repetatur!'*[6] yani, ne biçim ve koşul altında olursa olsun, cinsel ilişki, daha fazla cinsel ilişki. Oysa, inanır mısınız, elli yaşımda, ona bağlılığımdan ve her günkü çağrılarını kavramaya çalışmaktan, bir erkeğin çiçeğini ne yakından ne de uzaktan görebilmiştim. Biçiminden rengine, kokusundan uzunluğuna kadar hiçbir şeyini bilmiyordum. Bir erkeğin organını ömrümde hiç parmaklarımın arasında tutmadım, tomurcuğunu hiç okşamadım, sertliğini bağırsaklarımın dibinde hiç duymadım.

Bakın Paul, küçükken, otuz yaşında ölmüş bir babadan kalma emeklilik parasıyla sadece iki günde bir yemek yiyebilen çocuk sıskalığındaydım. Kuşkusuz annemin sürmesi için çaba gösterdiği bu sıskalık, okula gitmeyi reddetmem için arayıp da bulamayacağım bir bahane oldu. Harfleri sökmeyi kateşizmden, din kitaplarından ve babamın sattığı sekiz ciltlik ansiklopedilerden öğren-

6. Latince, "Normal erkeklik organı –dozaj– tekrarlayarak !" (ç.n.)

dim. Bu arada evdeki ansiklopedimizin anatomiyle ilgili resimleri, üremeyle ilgili maddelerinin kirletilmiş, lekelenmiş annem tarafından özenle kesilmiş olduğunu söylemem gerek. Aklıma gelen ve mutsuzluğumun en belirgin sembolü olmasa insanı gülmeye zorlayacak bir anım daha var: babamın ölümünden sonra, yanında kaldığım sürece annem saçlarımı kısacık kestirip erkek elbiseleri giydirdi, merhum babama ait elbiseler; yarım yüzyıla yakın bir süre üst üste iki küçük külot giymek zorunda kaldım. Size bir itirafta bulunayım, Paul: annem öldüğünde bir daha asla külot giymemeye yemin ettim, yeminimi de tuttum. Sakın kızarmayın, eğer şimdiye kadar farkına varamadınızsa, iç çamaşırlarıma sonsuza dek veda ettiğim günden beri edindiğim, kabaca konuşarak karşımdakileri serseme çevirmek gibi kötü alışkanlığım olduğunu beni tanıdıkça anlayacaksınız. Biraz önce, hastabakıcıların kabalıklarına katlanmak zorunda kaldığımda iğrendiğimi anlatırken yalan söylemiştim. Düşünün bir, burada kalışımın ilk yıllarında, yemeğimi getirdiklerinde küçük kamışlarının hatırını sanki hiçbir şey olmamış gibi sorarak o koca heriflerin yüzlerini kızartıyordum. Altı metrekareyi denetlemek ve kutsal aileden geri kalanları da öldürmeye kalkmayacağımdan emin olmak için hücremin kapısını açtıklarında, hep beni çıplak görmelerini sağladım, çıplak çıplak gidip adamlara sürtündüm. Hücremin daha ilk günlerden itibaren Clermont de l'Oise'ın en sıkı gözetlenen hücresi olduğundan eminim. Gezinti sırasında, cinsel suçlardan dolayı yatırılan hastalara kalçalarımı bile gösterdim, beni onurlandırmak için arkamdan haykırdıkları kaltak ve erkek budalası sözleri iyi gelmedi değil. En değerli düşünü, çizmeleri ile miğferlerini çıkarmadan benimle yatan bir alayla sevişme düşünü gerçekleştirememiş olan zavallı ben.

Neyse, konudan uzaklaşıyorum. Daha önce söylemiştim, okuldan ve bir şeyler öğrenmekten yoksun bırakılmıştım, on sekiz yaşındayken, hayatın gerçeklerinden, özellikle de cinsellikten beş yaşındaki bir çocuk kadar habersizdim. İlk aybaşı kanamam epey geç oldu; o kanı gördüğümde yaşadığım sarsıntıyı asıl katlanılmaz hale getiren, annemin açıklama yapmamaktaki inadıydı. Sadece bu rahatsızlığın belirli aralıklarla tekrarlanacağını söyledi, onu da yarım ağız. Evde, beni bilgilendirecek tek kitap yoktu. Dinle ilgili kitaplar konuya hiç değinmiyorlardı, ansiklopedide de sayfalar eksikti. Anne sansüründen sadece birkaç gravür ile tek tük heykel röprodüksiyonları kurtulmuştu. Aman Tanrım, heykeltıraşlar ile ressamlar iş kendi uzantılarını tuval ya da taş üzerinde göstermeye gelip dayandığında, ne kadar da ürkekmiş! Söylemeden edemeyeceğim, mesela *Dünyanın Kökeni*'ni kusursuz çizen, ama kökenin yaratılışını resmetmek için eğilme zahmetine katlanmayan Courbet'yi düşünün. Bir başka talihsizlik de evimizin köyün oldukça uzağında bulunması ve anneme pek konuk gelmemesiydi. Annemi sevmek ve kirletilmiş lekelenmiş sayıklamalarında sakinleştirmek için yanında geçirdiğim yaklaşık yarım yüzyıl boyunca yanıma dört, en çok beş erkekten fazlasını yaklaştırmadım. Bu erkeklerden birinin sekseniik bir papaz, ötekinin bacak arası, yediği hain bir beygirin çiftesinden sonra ölen kuzen Benoît'nın üzerimdeki pantolonunu görünce gülümseyen, eşcinsel bir postacı olduğunu söylemem gerekir. Benoît benden topu topu birkaç yaş büyüktü ve oldukça yakışıklı biriydi. Biri ahlakî, diğeri de tıbbî iki nedenden ötürü beni kadınlaştıramayacağı kesin olsa da, sakatlığının onda itiraf edilemez bazı arzuları bilediğini, kamışı işe yaramasa da, libidosunun sapasağlam olduğunu hissediyordum. Annemin gözetimini az da olsa gevşettiği ender anlarda, kâğıttan kadınlara tutkun olduğunu, Klimt'in *Danae*'sinin röprodüksiyonlarını topladığını, günün birinde orijinaline sahip olmayı düşlediğini onun ağzından öğrendim. Birazdan anlatacağım nedenlerle sonuncusu olacak ziyaretinde, annemin de tuvalette olmasından yararlanarak, bakışlarımı yere indirip, bir dahaki gelişinde bana da kâğıttan bir erkek getirmesini rica ettim. O zaman biraz da yüksek sesle kuzininin şırfıntılaşmaya başladığını haykırdı, kuşkusuz beni çok savunmasız görerek elini pantolonumun ve nasıl söylemeli, dış külotumun içine soktu. Parmakları ikinci çamaşırımın duvarına toslayınca çok şaşırdı, gürültülü bir kahkaha attı. Üstelik "Aman Tanrım, kuzin, av alanın amma da iyi korunuyormuş!" diye bağırmayı marifet sandı ya, talihsizliği rahatlayan annemin tam da tuvaletten çıktığı anı seçmesiydi. Öğrenmeye karşı açlığım adına maalesef bir daha oraya ne ayak basabildi; ne de el.

Sizi ilgilendiren konuya gelecek olursak, izin verin şehvet açlığımdan, zevk sarhoşluğumdan son bir kez söz edeyim. Bu konu üzerinde, beceriksizce de olsa fazla oyalandığımın farkındayım. Keyif aldığım kesin, ama sizin de yıllar boyunca içinde bulunduğum atmosferi anlamaya çalışmanız gerekir. Yetmiş yılımın yüzde doksanını ya ana ocağının baskısında ya da hapishanenin yalnızlığında tükettiğimi kabul etmelisiniz. Düşündükçe, otuzlarım ile ellili yaşlarım arasındaki yılların hayatımın en güç yılları olmadığını anlıyorum; yaşadığımı hissetmiyordum artık, hayatta kalıyordum, kuzenimin elinin yakıcı anısıyla can çekişiyordum. Alışmak zorundaydım. Oysa yirmi yaşımı kutladığım ve tabiatımın iç karartıcı düzenini altüst eden ilk yıkım olduğunda, durum öyle değildi. Kalçalarım boyunca akan kanla birlikte, ısınan karnım oldu, çıldıranlar da göğüslerim; o zamanlar benliği kaplayan aptallığı şimdi daha iyi anlıyorum. Benoît'nın merhum kamışını ısrarlı öpücükler ve yasaklanmış okşamalarla canlandırmayı düşlüyordum. Kendimi seksenlik papaz babamıza en karanlık bayağılıklarımı, en cüretli fantezilerimi itiraf ederken, sonra da onu altarın sessizliğinde kâfirce bir çiftleşmeye sürüklerken görüyordum. Eşcinsel postacının ırzına geçtiğimi ve erkeklere olan düşkünlüğünden sonsuza dek kurtardığımı hayal ediyordum. Üstelik bütün düşlerimin özellikle de bir papazla, bir zavallıyla ya da sakat bir kuzenle, yani yaklaşmama izin verilen tek erkeklerle ilgili olması da, heyecanımı artırmaktan başka bir işe yaramıyordu."

Bayan Canchale tehlikeli itiraflarını o akşam burada kesmek zorunda kaldı. Saat altı buçuğa geliyordu ve üç saat önce beni buraya getiren hastabakıcı, kadıncağıza odasına kadar eşlik etmek için geldi. Bayan Canchale adamı soğukça karşıladı, daha fazla açılıp saçılamadığı için gözlerinde bir pişmanlık buğusu vardı.

Bir hafta sonra yeniden onu ziyarete geleceğim vaadini alırken, beni öpmeye davrandı. Kadında bir sapkınlık mı var, yoksa her şey hayal gücümün aldatması mı? Yanaklarımın üzerine gürültülü bir öpücük kondurmadan önce, dudaklarının benimkileri aradığını sandım.

1 ekim perşembe

Bugün öğleden sonra, okul müdürü, Komiser Belize'in verdiği olay yeri inceleme dersini bir kez daha böldü; zavallı adam dersi ikide bir bölündüğüne göre muhtemelen yönetimin gözünde fazla bir önemi olmadığını düşündü. Ama asıl üzüldüğü, olay yeri inceleme ve gizli soruşturma konusunda uzman olduğu halde, okulda cereyan eden olaylar konusunda eğitmenler arasında en az bilgiye ulaşabilen oluşuydu belki de.

Müdür yalnız değildi, yanında yeni psikoloğumuz diye tanıttığı, çekingen, hafif tombul bir sarışın vardı. Matmazel Lamstère, adı öyleymiş, coşkusunu gizleyemeden güvenli olmasına çabaladığı bir sesle, akademiye hoş geldiniz, diyerek hepimizi şaşırttı. Sonra hatasının farkına vardı ve o ana kadar birkaç pis sırıtıştan ve dudak kenarına sıkışmış gülücüklerden ibaret kalan sıcak karşılama için bizlere teşekkür etti. Yeni psikolog konuşmasını sevimli saçmalarla süsleyerek sürdürdü, daha önce adını hiç duymadığı Bayan Kerbach'a derin bir saygı duyduğunu söyledi, merhumeye acil şifalar diledi.

İşte tam o anda, arkadaşlarımı bu salağın beceriksizliklerinden ve onu görmekten kurtarabileceğimi düşünüp, Kerbach'ın ölümüne üzülünce, şaşırdım. Oysa olan oldu, geri dönmekse artık imkânsız. Aslına bakılırsa, yapmam gereken, gelecektekinin daha çekici olmasını gizli gizli umarak, bu salağı öldürmeyi tasarlamak ama, düşününce ve olayların gelişimine bakınca, bunun, sorumluluğunu tek başına üstlenmek istemeyeceğim kadar tehlikeli bir girişim olacağına karar verdim.

Matmazel Lamstère, Belize'in yanına yerleşti, böylece aramızdaki yeri sembolik olarak bulunca, biraz kendine geldi. Dersinin on beş dakika kısalmış olmasının üzüntüsüyle mi, yoksa kısa bir süre önce kuruma büyük zarar verenlerden etkileyici biriyle aniden yan yana bulunma mecburiyetiyle mi bilinmez, Belize, müdürün kulağına bir şeyler fısıldadı, beriki başını anlayışla sallayınca da, saygıyla çekildi. Sonra, her ayrılışında bizleri onurlandırdığı cesaret verici o hafif tebessümüyle, müdür de amfiden çıktı. Bayan Lamstère her türlü umudun ötesinde, yüzsüz bir güvenle, bizlere yarım saat boyunca konferans çekti, eğer yönetim ve psikoloji konusundaki ilgimizi hemen kanıtlamazsak, bizleri akademiden attırmakla tehdit etti.

Bütün bunlar özellikle beni rahatsız etmeye yaradı. Bunu bilseydi, hemen yakınında bir psikolog canavarı olduğunu hissetseydi, masum saçmalıklarıyla yetinecekti kuşkusuz. Francis, Rodolphe ve birkaç kişi âdet yerini bulsun diye sanki öksürük nöbetine tutulmuş gibi –tabiî eğer bütün bunlar ani bir alerjinin etkisi değilse– hep birlikte kesik kesik öksürdüler. Bu kurnazlıklar Lamstère'in gözünden kaçtı, öksüren zavallıları koridora çıkıp sümkürmeye davet edince, berikiler çağrıyı ikiletmedi. Öksürme cesareti göstermediğine yemin edeceğim Laetitia bile kendini birden acemi çaylak gibi görmüş olmalı ki, aceleyle kapıya yöneldi. Havadan gelmiş bu fırsattan yararlanacak benzeri bir tepki hızına sahip olamadığım, iş işten geçtikten sonra da aynı yönteme başvurmanın kabalık olacağını düşündüğüm için, kadıncağızın birinci dersi olarak bilinecek konferansını dinlemek zorunda kaldım.

Matmazel Lamstère sözünü sürdürüp, *Psychiaville* adlı oyunu tanıttı, daha önce bu oyunun hiç bilinmediğini iddia etti ve en ufak bir rahatsızlık, utanma duymadan, bütün her şeyin kendi buluşu olduğunu söyleme cüretinde bulundu. Bu Kerbach'ın kaderi de tuhaf: nevrozlu bir öğrencisi tarafından öldürülmüş, bize söylendiğine göre âşık bir eğitmen tarafından boğulmuş, şimdi de sahtekâr bir meslektaşı kadıncağızı sırtından hançerliyor! Tanrım, nasıl canla başla, nasıl bir inatla silikleşme nasıl ısrarla ortadan yok olmadır ki bu! Her kurbanın bu kadar kısa sürede üç farklı şekilde öldürülme gibi bir şansları yoktur kuşkusuz. Geriye Kerbach'ın ölüsevici bir Belize'in kurbanı olarak küfre uğraması dışında bir şey kalmıyor, o zaman da böylesi tuhaf bir kaderin biyografisini yazmaya karar vermek gerekiyor. Bu üçlü ölümün altında olağanüstü gerçekçilik ya da dadacılık benzeri bir estetik saklandığından kuşkulandığımdan Kerbach konusunu biraz daha sonra incelemeyi düşünüyorum.

Psychiaville konusuna dönersek, Bayan Lamstère, Kerbach'ın bize birkaç gün önce açıkladıklarını doğrulamaktan başka bir şey yapmadı. Hatırlatmak için tekrarlayayım, *Psychiaville*, oyunun ortaya çıktığı on, on beş yıldan beri, senaryonun yaratıcısı merhum Kerbach'la tekrar tekrar öldürülme yazgısını paylaşan genç bir kadının, sarışın Karine'in ölümünü araştırmak için, bir hafta sonra önemli polislerden birinin yerine geçeceğimiz bir rol oyunu. Kısacası Karine'in, okulun tavan arasında oluşturulmuş o ünlü dairede, yani akademi müdürü böylesine inatçı olmayıp, isteğime olumlu cevap verse, hafta sonlarını ve tatil günlerini geçirmekten keyif alacağım üniversite odasında cansız bulunması sürpriz olmayacak. Komşular nezdinde yapacağımız kısa bir soruşturma sonucunda Karine'in, büyük ihtimalle rezervuarın ya da mutfak aspiratörünün içine gizlediği uyuşturucu maddelere düşkün olduğunu öğrenecek, bunun sonucunda da –bundan emin olabilirsiniz– merhum Monesto'nun yerine gelen eğitmenden uyuşturucu bağımlılığı konusunda dikkat çekici bir derse hak kazanacağız. Karine'in ailesi ve arkadaşları –bunlar atış eğitmenlerimiz ile temizlikçi kadınlardır; ezbere bildikleri senaryodaki diyalogları tekrarladıkları için sahte bir mutluluk gösterirler– kızlarının ya da arkadaşlarının kötü dostları konusunda her şeyi bildiklerini anlatacaklardır. Bununla da kalmayıp, ürkütücü bir uyuşturucu satıcısının adını verecekler, sonra da sağlıklı uğraşlarına dönebilmenin rahatlığını yaşayacaklardır.

İkinci perdede, uyuşturucu satıcısının cansız vücudu okulun bahçesinde bulunur. İş karışır, Bakanlık homurdanmaya başlar, basın saldırıya geçer, hepimizin sonu arşiv, trafik ya da Belize'i daha da sinirlendirmek için herhalde, olay yeri inceleme olacakmış gibi gözükür. Karine'in ailesi ile arkadaşları arasından kim intikam almış olabilir ki? Aramızda en hızlı koşan, senaryonun özellikle belirttiği gibi, uyuşturucu satıcısının bahçedeki en büyük çamın altına gizlediği adres defterini bulur. Kendi adıma, ödülün aramızdaki en sporcuya verilmesini ve adres defterinde muhtemel tek suçlu olmasını umut kırıcı buluyorum. Akademinin şu meşhur adres defterini tüm Saint-Cyr'de aramamızdan ve defteri bulduktan sonra incelemek için iki saat ayırmamızdan fazla bir şey beklenmeyeceğini kabul edebiliyorum ama, böylesi bir tutum, senaryonun inanılırlığını da yok etmiyor mu? Öyleyse, kanlı harflerle amfinin duvarına "Beni Oscar öldürmek" de yazmalı mı?

Bu yüzden, üçüncü perdede, uyuşturucu satıcısının ölümünden sonra Minguettes'te çıkan kargaşayı yadırgamamak gerek. Sinsi senaryo bu karışıklıkların gergin toplumsal ortama ve olayları tetikleyen bir kıvılcıma bağlı olduğunu açıklıyor: bu kıvılcım, aslında yurttaki gençlerce sevilen bir toplumsal arabulucu olan esrar satıcısının ölümüdür. Buna bir de sadece tek isimden ibaret adres defterinin polisin bir komplosu olduğunu, bunun da kargaşayı haklı göstereceğini eklemek istiyorum. Daha sonrasına gelince, hatırlayacaksınız, zanlılardan biri tutuklanıyor, onun gözaltında intihar etmesi de polislerin bir iç soruşturma açmasına neden oluyor. Psychiaville karakolundaki tüm memurların bürolarında yapılan bir aramada, komiserin çekmecelerinde, sarı sayfalarının arasında bir sürü kuşkulu kan lekesi, birkaç saç teli olan yıpranmış bir telefon rehberi bulunuyor. Anekdot olarak belirteyim, rehberin 1972 tarihli bir antika olması, komiserin ne denli girişken olduğunu kanıtlıyor.

Odasında yakaladığım ve senaryonun ayrıntılarını tekrarladığım Francis, bir arabulucunun uyuşturucu satıcılığına bulaştırılmasında tutuculukta ödün vermeyen Monesto'nun imzasını gördüğünü söylüyor. Komiserin genç adamın ölümüyle ilgisine gelince, burada Kerbach'ın intikamcı bir karşılığını bulduğumuz konusunda anlaşıyoruz. Monesto ve psikolog sevgilisinin er ya da geç gazetelerdeki üçüncü sayfa sütunlarını besleyecek kavgacı çiftlerden olduğuna kuşku yok. Sonunda Monesto'dan birkaç saat ya da birkaç gün önce davranmış olduğumu bile düşündürecek kadar. Erkekliğiyle alay edilmesinin mahvettiği bir insanın tuttuğu bir kiralık katilden başka bir şey değilim belki. Mahpushaneden kurtulmayacağı kesin, ama en azından onun tasarlanmış bir cinayet işlemesini engelleyerek, vicdanını rahatlattım.

4 ekim pazar

Kendimi tekrarlama pahasına, bu günlüğü hazırlıksız yazdığımın ve cinayet estetiği konusundaki kuramımı tamamlamak için sınırlı zamanımın olduğunun altını çizmek istiyorum. Bu günlük daha ilk satırları okur okumaz Paul de Dardanie'de saplantılı nevroza ek olarak, paranoyak eğilimler belirleyecek psikopatoloji araştırmacılarına seslenecek. Bu araştırmacıların içinde en tecrübeli olanların gerçek paranoyakların çoğunlukla kendi durumlarının farkında olmadıklarını ve genellikle kendilerini reklam etmediklerini gözlemleyecek zaman bulanlar olduklarını da eklemek istiyorum. Bu da bu gibi araştırmacılara, ikinci aşamada şöyle bir ders çıkarmaları fırsatını tanıyacak: bu satırların yazarında paranoyadan da çok, sapkınlık var kuşkusuz: okuyucularını tuzağa düşürmekle yetinmiyor, dahası, bunu onlara söylüyor.

Kafamdakileri açık bir kitap misali okuduğuma inanmak gibi bir zaafım var, son zamanlarda öğrendiğim birkaç psikiyatri kırıntısı da teşhisimi güçlendirmekten başka bir işe yaramadı. Saplantılı nevrozlarda kişinin, eğer psikopatoloji konusunda bir iki şey biliyorsa, yakalandığı rahatsızlığı açıkça görmesi gibi bir korkunçluk var. Bir de, aklın genel mekanizmalarını değiştirmemek gibi bir özellik: saplantılı, yararsızlığının bilincinde ve bunu bir hastalık olarak algılıyor.

Ölüm saplantımın farkına varışımı ilkin, günde en az on iki kez Mozart'ın *Requiem*'ini bütünüyle dinleme ihtiyacı gibi, masum birtakım zorlanım ritüelleri sağladı. Bir de odamdan, otomobilimden, annemden veya sevgilimden ayrılacak olduğumda art arda birçok kez istavroz çıkarmamı gerektiren önüne geçilemez ve büyüsel mani. Aslında bu mani beni anında sakinleştiriyor ve en inatçı kaygılarımdan kurtarıyor.

İnsanın kalın kafalı ya da uzman olmasına göre tik ya da saplantılı zorlanımlı davranış bozuklukları olarak adlandırılan bu tür davranışlardan kurtulmayı başaramadım. Sadece, örneğin komiserlik sınavı jürisinin karşısına çıktığım ya da topluluk içinde parlamam gereken durumlarda, belirtileri gizlemeyi becerdim. Size, sınava giderken ıslıkla Mozart'ın *Requiem*'ini çaldığımı, jürinin tuzak dolu sorularına cevap verirken de kulaklarımda *Requiem*'in yankılandığını itiraf etsem. Bir süpermarket otoparkında iman dolu bir diz kırıştan daha gösterişli olmayan istavroz çıkarma alışkanlığım gibi, bu saplantımdan da kurtulmam kelimenin tam anlamıyla imkânsız. Bu durumda maskelemek için şöyle bir yöntem geliştirdim: sağ elimle, sanki dik başlı bir perçemi yatırıyormuş gibi alnıma dokunuyorum, kemerimi yerine oturtuyorum ve ceketimin sol eteğini düzeltiyor, bütün bunları dünyanın en doğal hareketiymiş gibi yapıyorum. Gülmeyin. Bir ambulansa ateş edilmez. Özellikle de patlayıcı yüklüyse.

Saplantılı nevrozun kaygı verici ilk belirtileri olmasalar, duygular arasındaki karşıtlık eğilimiyle şizofreniye yakınlaşmasalar bu zorlanımlı ritüellere kolaylıkla alışabilirdim sanıyorum.

Onun için, şizofreni hayaletinin korkusuyla yaşayan bütün saplantılılar gibi, iş davranışlarımın en iğrencini, düşüncelerimin en yüz kızartıcısını gerekçelendirmeye geldiğinde, zihnim katı bir mantık örneği sergiliyor. Cinselliğim sevgisizleşiyor. Zavallı, malesef öylesine yoksul ki, kendini sadomazoşizme yaklaşan sarraf bağlamı dışında ifade edemiyor. Öte yandan, en belden aşağı, en açık sözleri bağırarak söylemekte gecikmiyor, üstelik bundan da anlatılmaz bir keyif alıyorum.

Tüm ruh pratisyenleri saplantı semptomlarında ikinci eğilimin, bende *Requiem* kayıtlarını toplamak ve her dakika istavroz çıkarmak gibi görünen ritüeller aracılığıyla kaygıları kontrol altına almak olduğunu doğrulayacaklardır. Ama eğer konuya ilgi gösterirseniz, psikiyatrlar bu kez saplantı kontrolünün aslında asla tam olarak uzaklaştırılamayan ve her an tümüyle ortaya çıkabilecek gizli kaygının altında kaybolabileceğini de ekleyeceklerdir. O zaman tepki tufan gibi, korkunç olur. Basit sövgü sağanakları bazen önceden kestirilemez saldırganlıklara götürür. Öykünün son sözünü duymakta ısrar ederseniz, size şizofreniye doğru giden bir saplantılının klasik olarak çökkünlüğe uğrayacağını, için için taşıdığı kaygılara karşı eylemleri ve düşüncesiyle verdiği savaştan yıpranıp, hayatına son vereceğini söyleyeceklerdir.

Böylesi bir sondan kurtulamayacağımı biliyorum. Bu yüzden,

size çalışmalarımın gelişimini anlatarak, bir anlığına da olsa buhranlarımdan sıyrılmama izin verin. Gereksiz tekrarlarımı görüp beni bağışlayacak, bir uzman olarak onları zorlanımlı ritüele mal edecek ve bu itiraf karşısında beni anlayacak ve size söylediklerimi ve anlayışsızlığımı haklı bulacaksınız.

Dardanie ölçeği, başta katili harekete geçiren neden olmak üzere çeşitli kriterleri göz önünde bulundurarak bir cinayetin estetik değerini ölçmeye yarar. Bu neden soylulaştıkça, yani aşağılık maddiyattan kurtulup, bayağı duygulardan arındıkça, bir ululuk ve kusursuzluk idealine doğru yükseldikçe, cinayet daha da güzel olacaktır. Cinayetin soyluluğuna ve kötülüğün kişinin gelişmesine katkısına inanan Nietzsche'nin *Şen Bilim*'de "Katil insan soyunun görkemidir" derken böyle düşündüğünden eminim.

Dardanie ölçeğinde yer alması için, cinayetin tasarlanarak işlenmiş olması gerekir. Kısacası, kazayla işlenen bir cinayet, bizim kabul ettiğimiz anlamda estetik bulunamaz. Gerçekten de ölçek, cinayetin Bay Jourdain'i, ne olduğundan habersiz katliam virtüözü için önemsizlik öngörmez. Belirli bir parıltı kazandıran özel koşullar ne olursa olsun, kazayla işlenen cinayet Dardanie skalasında 0 derecesiyle ifade edilen değere eştir.

Nedensiz görünse de *animus necandi* ya da adam öldürme niyetinin belirgin olduğu cinayetin durumu farklı. Şimdilik cinayet estetiği gibi önem kazanmaya başlayan bir kurama karşı duyarsız olan Ceza Yasası'na göre, niyet belirgin olduğu sürece nedenler fazla önemli değildir. Bizim kuramımız ise tam aksini, yani katilin cinayeti estetik kılan nedenlerini öne çıkarmayı savunuyor.

Buna rağmen tarih, sadece anekdot amacıyla da olsa, bu dünyanın ulularının başına gelmiş olan, ancak katillerin ölümcül niyetleriyle uzaktan yakından ilişkisi olmayan bazı talihsizlikleri de kaydeder. Bu gibi talihsizlikleri, kuramımızı desteklemekten çok, okuyucuyu bir an da olsa eğlendirmek kaygısıyla buraya alıyoruz. Böylesi bir talihsizlik, 25 mayıs 1911 günü Paris-Madrid uçak yarışının startını vermek için İssy-les-Moulineaux kentinden atlı arabasıyla geçen Savaş Bakanı Berteaux'nun kaza sonucu ölmesine neden olmuştu. O dönemin uçakları basitti, kalkışları yavaş ve dengesiz oluyordu. Bu uçaklardan birinin pilotu aracını gerekli yüksekliğe çıkaramadı. Uçak kortejin tam ortasına düşerek Berteaux'yu oracıkta öldürdü. Böylelikle adamcağızın yıldızının birkaç yıl sonra, Birinci Dünya Savaşı sırasında parlamasına engel oldu. Uçağın pilotu birazcık daha becerikli olsaydı, dünyanın çehresi değişirdi belki de, ne var ki pilotun hatası istenmeden yapılan hareketlerden biri olarak kuramımızın ilgi alanının dışında kalıyor. Eğer bir gün tersi olur da, bir tarihçi pilotun düşmanla işbirliği içinde bulunduğunu kanıtlarsa, o zaman hem dekor, hem de senaryo, kullanılan silah ve kurbanın kimliği bu olayı siyasal cinayetler içinde bir şaheser kılacağından kararımızı değiştirmeye hazırız.

Aynı düşünce çizgisini izlediğimizde, yumuşak bir savaş alanında verdiği şiddetli bir savaşın sonunda, Bayan Steinheil adlı kibar bir fahişenin kollarında ruhunu teslim eden Cumhurbaşkanı Félix Faure'un talihsizliğine değinmeden geçemeyiz. Burada da, Lais'in Ovidius'un anlattığı biçimdeki ölümünü andıran senaryo hoştur, ama adam öldürmüş olması kadıncağızı ünlü kılsa da, hatta Bayan Steinheil birkaç yıl sonra kendi öz anasını ve kocasını öldürmekle suçlanarak adını yeniden duyursa da, insanı üzecek kadar kaza damgası yemeye mahkûmdur.

Bir deli tarafından işlenen cinayet, bizim gözümüzde, kazayla adam öldürmeye yakındır. Kazayla öldürmenin tersine, burada katilin kurbanının hayatına son verme kararında olduğu kuşku götürmez, ne var ki hareketlerinin denetimi kösteklenmiş, algılaması değişmiştir. Deliye ya da sarhoşa jürinin hoşgörüsünü kazandıran bu durum, katilin skalamızda yüksek bir not almasını engeller; çünkü, kendimi tekrar etmek pahasına da olsa belirteyim, bir cinayet ancak katil hareketlerinin bilincinde olduğu ve her türlü toplumsal, ahlakî, zihinsel ve kültürel baskıdan kurtulmayı başardığı ölçüde estetik bulunacaktır. Bu nedenle, aklı başından gitmiş bir şempanzenin işlediği bir cinayetin –Edgar Poe'nun *Morgue Sokağı Cinayeti* kitabından söz ediyorum tabiî– bu skalada yer alması mümkün değildir.

Bu ilkeden hareketle, ölçüsüz bir kıskançlık duygusundan ya da kazanç hırsından kaynaklanan cinayetlerin skalada düşük derecelerde kalacakları da açıktır. Gazetelerin sütunları, önemli ya da önemsiz edebiyatın ele geçirdiği böylesi haberlerle dolup taşmaktadır. Bu gibi cinayetlerde hep iyi hazmedilmemiş bir şey var: gereğinden çok öfke, heyecan, güdük tutku ve güzel bir cinayetin gerçekleştirilmesi için olmazsa olmaz yüceliğe, mesafeli bakışa ve yaratıcılığa ayrılmış çok az yer.

Katile bazen cinayet işleten dürtülerden biri de açgözlülük ve başkalarının malına sahip olma arzusudur. Şahsen, üstelik bu konuda neredeyse aşağılık değer yargılarımı tanıdınız, en alçak davalara hizmetten başka kaygı taşımayan rezil içgüdülerden kaynaklanan ve bizim kabul ettiğimiz anlamda estetikle uzaktan yakından hiçbir ilgisi olmamanın yanı sıra, daha yumuşak bir davranışla uyuşabilecek davalarına hizmet için radikal yöntemler kullanan böylesine kepaze cinayetlerden iğreniyorum.

Bebek Lindbergh'in, Atlantik fatihi pilotun oğlunun kaçırılması, katiller loncasını yüceltmeyecek aşağılık cinayetlerin iç karartıcı bir örneğidir. Küçücük çocuğu kaçırmakla ve özgürlüğü için altmış bin dolarlık bir fidye koparmakla yetinmeyen, Hauptmann adlı Alman asıllı bir marangoz daha da ileri giderek parayı aldıktan sonra aileyi parmağında oynatmayı sürdürmüş, onları tümüyle hayal ürünü bir sığınağa göndermişti. Çocuğun cesedi birkaç ay sonra bulunduğunda, otopsi zavallının daha kaçırıldığı gün öldürüldüğünü ortaya çıkardı. İnsanları şoke etmek pahasına da olsa, savunmakta olduğumuz kuram açısından çocuk cinayetinin, fidyecilik diye adlandıracağımız bambaşka bir suçun basit bir aksesuarı olduğu ölçüde, özellikle ve her şeyden önce üzüntü verici olduğunu belirtmemiz gerek. Bu cinayetin, fazla büyük olmamakla birlikte oldukça rahatsız edici bir kurbandan kurtularak kovuşturmayı atlatma hayalinden başka bir amaç taşımadığı açık.

Mükemmel, yani sonuca ulaşmış, uzun sürede tasarlanmış ve failinin aşağılık nedenini gizlemeye çalıştığı bir cinayetle, skalamızda bir basamak daha tırmanmış oluyoruz. Burada da *animus necandi* ya da adam öldürme niyeti açıkça belli olsa da, fail cinayeti onun işlediğinden kuşkulanılması durumunda zarar göreceğinden gösterişten kaçınmaya çabalayacaktır. Bu gizliliği yüzünden onu suçlamak mümkün değildir, ama ihtiyat, toplumu şaheserlerden yoksun kılar ve estetik cinayet alanında gelişimi önler. Varsayıma göre mükemmel cinayetler toplum ve hatta müfettişler tarafından bilinmeyenlerdir. Böyle cinayetlerin failleri yaşamları boyunca gizli yeteneklerinin tanınmamasının acısını çeken adsız ve anlaşılmamış sanatçılar olarak kalırlar. Bana tanınan bu platformdan yararlanarak, lanetlenmiş bu sanatçıların dikkatini cinayetlerin on yılda zaman aşımına uğradıkları gerçeğine çekmek isterim. Böylece, beni okuyup da onlardan söz ettiğime inananları, yaptıkları için sevgiyle suçlayarak, bu süre dolar dolmaz sanatlarını ve ustalıklarını kanıtlamaya çağırıyorum.

Son bir söz: bu cinayetlerin kurbanlarının kaderine ne denli önem verdiğimi biliyorsunuz. Sonucuna katlandıkları pencereden –örneğin, cam silerken– düşme kazalarının aslında mükemmel bir cinayeti gizlediği toplum tarafından öğrenilse, bu kurbanların nasıl bir üne kavuşacaklarını bir düşünün. İyi dinleyin: kurbanınızdan kuşkulanılmamasını sağlayarak, aslında onu ikinci kez öldürüyorsunuz; oysa muhteşem cinayetinizi itiraf ederek kurbanınızı bir bakıma diriltmiş ve külleri için ünlü cinayetlerin kurbanları tapınağında bir kavanoz ayırmış olurdunuz.

Mükemmel cinayetin sapkın bir çeşidi: failin başkasının üzerine yıktığı cinayet. Bu, benim birkaç saat önce gerçekleştirdiğim bir formül. Burada da, fail eğer bir gün utanç verici cinayetini itiraf ederek vicdanını rahatlatırsa, ikiyüzlülük şaheserini ebediyete miras bırakmış olacaktır. Bu yüzden karşısında günah çıkardığı efendisini, Entrammes rahibi Fricot'yu öldürmekle suçlayan, sonra da bunu asıl katili, yeğenini korumak için yaptığını itiraf eden Rahip Bruneau'nun dadısını kutlamak gerekir. Rahip Bruneau 30 ağustos 1894 günü giyotine gönderildiğine göre, kadının suçlamasının iç karartıcı sonuçları olduğu doğru; ne var ki kadıncağızın cinayet, ün ve soyluluk kazanana kadar sessiz kalmayı becerdiğini de unutmamak gerekir.

Neyse, konudan uzaklaşmayalım ve eğer itirazınız yoksa, eğlence cinayetine geçelim. Bir insanın dikkatsizlik sonucu (kazayla adam öldürme) ya da mantıksızlıkla (bir çılgının cinayeti) veya yarar uğruna (çıkar ya da tutku cinayeti) öldürülebileceğini birlikte gördük. Şimdi de size bir insanın bir diğerini eğlence için de öldürebileceğini anlatacağım: burada eğlence cinayetinden ve onun arıtılmış bir çeşidi olan nedensiz ya da görünür bir nedeni olmayan cinayetten bahsettiğim açık. Eğlence cinayeti dostlarım, cinayet figürleri arasında evlilik aşkındaki "5'ten 7'ye"nin anlamına sahiptir: benimsenmiş kurallara saygısızlık, ahlakla kendine özgü bir uzlaşı, ama en önemlisi güzelden anlayanlara has ince bir zevk, kişisel gelişime bir katkı. Nedensiz adam öldürme, genellikle katili harekete geçirecek gerekçelerin ve çoğu cinayeti zorunlu hale getiren bayağı duyguların yokluğu bağlamında, insanı estetik cinayetin doruğuna ulaştırır. Burada söz konusu olan iradenin mutlak özerkliği, katilin elini kolunu bağlamıyora benzeyen kuralların açıkça reddidir. Nedensiz cinayetler o zaman şekil değiştirerek sembolik cinayetlere dönüşürler, olumlu renklere bürünürler ve böylelikle gerçek bir yasallık kazanırlar.

Büyük yazarlar yanılmadılar: insanlığı, sonsuz insan yığını ve yazılı olmayan yasaları tanımayan Hz Muhammed veya Napolyon gibi birkaç güçlü kişilik olarak ikiye ayıran kuramın sahibi Dostoyevski'nin *Suç ve Ceza*'daki kahramanı katil Raskolnikov gibi hayranlık uyandırıcı kişiler yarattılar. Raskolnikov korkak insanlığın tam kıyısında yer alır ve yaşlı bir tefeci kadını öldürmeye karar verir. Kurbanın seçimi büyük bir ihtimalle toplumsal durumuna bağlı olduğundan ve Raskolnikov kaçışını gizlemek için tefecinin kız kardeşini de öldürmek gibi onursuz bir karar almak zorunda kaldığından, bu öyküyü fazla övecek değilim. Hayır, size daha önce de sözünü ettiğim Gide'in Lafcadio'suna dönmek istiyorum. Beyefendi, Hanımefendi bu ismi sakın unutmayın. Lafcadio özgür bir yaratık, kadın kılığındaki Sade ile "'üstün uygarlık' olarak adlandırdığımız hemen her şeyin kan dökücülüğün tinselleştirilmesine ve yoğunlaştırılmasına dayanır" iddiasındaki Nietzsche'nin piçi. Lafcadio sonraları trendeyken tatlı Fleurissoire'ın hayatıyla kumar oynayan, Breton'un yardımına çağırdığı genç yaştaki gerçeküstücü. Bir hatırlayın: Lafcadio trenin geçtiği boşlukta, kompartımanın penceresinden bakıp, on ikiye kadar sayarken herhangi bir ışık görürse, Fleurissoire hayatını kaybedecektir. Bir, iki, üç... ona geldiğinde belli belirsiz bir ışık görülür, kapı dayanamaz, küçük bir itiş Fleurissoire'ın kompartımandan uçmasına yeter. Bu cinayetin işlenmesindeki neden, gerçekten de cinayet işlemek için hiçbir nedeninin olmamasıdır, bırakalım hareketini Lafcadio savunsun; bunu en az benim kadar iyi yapacağından eminim: "Anlıyor musunuz? Çıkar, tutku: hiçbiri yok! Çıkarsız, kişiliğin doğurduğu bir hareket; aynı zamanda da amaçsız, dolayısıyla efendisiz; özgür hareket; yerli hareket."

Güzel, aşırıya kaçılmış bir kuramın bu akşam sizleri yıldıracağını tahmin ediyorum. Cinayet estetiğinin dürüst bir etnoloğu olarak bütün bunları denemeyi düşünmem gerek. Sizi düş kırıklığına uğratmamaya çalışırım.

6 ekim salı

Geceyarısına yirmi var ve Valoutte tamı tamına bir saattir yaşamıyor. Bu sabah, âdeti üzere, hâlâ hayattaydı; o da, ben de uğursuz ölümü hakkında hiçbir şey bilmiyorduk. Özsavunma dersi nedeniyle üzerine göğsü oldukça açık, gösterişli bir body giymiş, Asyalı eğitmenimiz Ming'in öğrettiği teknikleri büyük bir dikkatle uyguluyordu. Saat on birde, verilen aradan yararlanarak, bir daha kızını göremeyeceğini aklına bile getirmeyen annesiyle uzun bir telefon konuşması yaptı. Annesi incir çekirdeğini doldurmayan basitlikler ve erdemin erdemleri üzerine konuşarak geçirdikleri uzun dakikaların pişmanlığını hayatı boyunca çekecek. Zavallı kadının daha uzunca bir süre, geviş getirir gibi, bu son konuşmayı yeniden geveleyeceğinden, durup dinlenmeden son cümleleri yeniden yaşayacağından, imalardan en anlamsızını anlamaya çalışıp kızının sıkıntılarını haklı gösterecek herhangi bir gizli mana çıkarmaya çalışacağından korkuyorum.

Valoutte telefonu kapayıp, bir sigara otlanmak için yanıma geldi. Yüzümü buruşturdum, cildine ve gözlerinin altındaki halkalara bakınca, o anda sigarayı bırakmaya karar verdiğimi söyleyip, paketimi uzattım. Omuzlarını silkti, kendimi affettirmek için, body'sinin kesimini övdüm. İltifatımı cevapsız bırakmadı, büyüleyici bir tebessümle bu akşam tümüyle hatırlayamadığım, ama özet olarak "Sevgili Paul, her şeyin sana bağlı olduğunu bir bilebilsen!" anlamına gelecek birkaç söz söyledi. Sonra geciken cevabımı beklemeden topuklarının üzerinde döndü ve soyunma odasının yolunu tuttu.

Öğle yemeği ve öğleden sonraki dersler boyunca, bakışlarımız dört kez karşılaşırken, kafamda yavaş yavaş onu öldürme fikri tomurcuklanmaya başladı. Akşam olunca, karanlığa sinmiş, Minguettes'in giriş holünün önünde beklerken, uygulayacağım senaryoyu düşündüm. Sabırla beklerken bulduğum, o sırada bana çok gülünç gelen ve içimden burada tekrarlamayı kararlaştırdığım deyimi hatırlıyorum: *nekrospiritüel.* Kendinden söz ettirmesi kesin olan, Dardanie skalasında hak ettiği yeri bulacak bu hareketin yaratıcısı, propagandacısı ve ilk yandaşı olmanın hazzını duydum.

Valoutte birkaç saniye sonra göründü. Yanına yaklaştım, elimi aniden beline dolayarak kızcağızı şaşırttım. Benimle *son* bir kadeh içmesini önerdim. Her zamankinden daha fazla içtiğimi itiraf edip, uslu durmaya söz verdim. Davetimi kabul etti. Odasına çıkan merdivenleri tırmanmakta güçlük çekiyormuş gibi yaptım ve saklamaya çalıştığı kıkırdamasını açıkça duydum.

Çok içtik ve akademi ile öğrencilerinin onuruna kaldırdığımız her kadehte ona biraz daha yaklaştım, cüretimi ona sevgiyle sarılmaya kadar götürdüm. Şişenin dibine vardığımızda kadehlerimizi son bir kez doldurdum ve kocası talihsiz Edmond ile Laetitia'ya kaldırmamızı teklif ettim. Bu fikrin hoşuna gittiğine ve bir geceliğine de olsa Laetitia'nın kalbimdeki ve karnımdaki yerini alma düşüncesiyle heyecanlandığına yemin edebilirdim. Beklentilerimin aksine, sustu ve yüzünü buruşturdu. Düşüncemin heyecan verici olmakla birlikte yanlış ifade edildiğini, erkekleri gerginleştirirken kadın yüreğini afrodizyakların yüzde yüz etkililerinden daha da güçlü esriten dolambaçları, imaları ve dönemeçleri taşımadığını anladım sanki.

Valoutte kafamı meşgul edenlerle ilgilenecek zaman bulamadan ruhunu teslim ettiği için, kadın psikolojisi hakkındaki varsayımlarımı doğrulama ya da geçersizleştirme fırsatını asla yakalayamayacağım. On dakika sonra, Valoutte'u şehvetle öpüşümden yararlanarak body'sini hâlâ çıkarmadığının farkına şaşkınlıkla varabildim.

Merhum Valoutte'un anısına saygı göstermek amacıyla, aşk buluşmamız ve sevişme öncesindeki davranışlarımız konusunda sessiz kalmayı tercih ediyorum. Sadece kuramımın kapsamı konusunda duyarsız davrandıklarından, bu günlükte sevimli bir gar romanından fazla bir şey bulamayacak olanlar için, kendimizi birden çıplak, nefes nefese ve şaşkın bulduğumuzu ekliyorum. Bir an, içimdeki sesi dinlemeyi, bir ya da iki saat teninin kıvrımları üzerinde nasıl oyalandığımı anlatmayı düşündümse de, bu çağrıyı zamanında susturmayı başardım.

Doğruldum ve süklüm püklüm, yanımda prezervatif olmadığını söyledim. Allah'tan çekiciliği konusunda çabucak kuşkuya düştüğünden üstelik bir de, Edmond'a sadakat yeminini hatırladığından olacak o da prezervatif getirmeyi düşünememişti. Tir tir titriyor, bu arada öylesine tahrik olmuş görünüyordu ki, onu korunmamız gerektiğine ikna etmek için dünyanın zorluğunu çektim, sonunda da saflığımı kaybettiğim günden beri yakalandığım bütün cinsel hastalıkları tezgâha sıralamak mecburiyetinde kaldım. On beş dakika sabretmeye razı ettim; bu sürede dedim bahane olarak, köyün eczanesine gider ve makinede ne kadar prezervatif varsa alır, gelirim dedim. Sonra da salonunun dekorunda çok daha sessiz, çok daha tatlı, çok daha coşku verici sevişeceğimizi söyleyerek ana binanın en üst katında, müdürün bana kiralamasını boşuna istediğim simülasyon salonunda buluşma sözünü aldım.

Eczane yerine, yanından aceleyle ayrılıp cinayetimi sahneye koymamda işime yarayacak uyuşturucuların bulunduğu adlî polis sınıfına koştum. Duvardaki tablonun yanındaki dolabı hiç zorlanmadan açmayı başarıp, tanıtım çantasını çıkardım. İnatçı bir kilidin direnişini kırdıktan sonra, mutluluk vermedeki yüksek gücü ve bazı salakların kötü niyetlerle kullanmaları nedeniyle *date rape drug*[7] olarak da bilinen GHB eşantiyonu ile, Valoutte'a kullandırmakta zorlanmayacağım, ıslatılmış pul biçimindeki LSD arasında tereddüt ettikten sonra bencillik ederek, genç kadının son anlarını mutlu kılacak birkaç gram eroinde karar kıldım. Aynı zamanda da çantadan kullanılmış bir şırınga, kararmış bir kaşık ve kan almada kullanılan bir lastik aldım. Sonra da Valoutte'u bulmaya gittim.

"Tabiî" dedim ısrarlı soruları karşısında gülerek, "gereken her şeyi buldum tabiî." Tatlı kandırmacanın keyfini gerektiği gibi çıkarırken, bu akşamdan tezi yok bu oyunu günlüğüme aktarmaya söz verdim.

Dairenin kapısını gürültüsüzce açtım, yüreklerimiz çarparak içeriye süzüldük. Daha girer girmez, Valoutte akademinin maskot mankeni Karine'in eklemlerinden boşalmış vücudunu görüp, geriledi. Kadıncağızı tatlılıkla alaya aldım, heyecanından da yararlanarak, kulağına bir iki açık söz fısıldadım. El ele odaları dolaştık.

Yarınki çalışmalar için bu akşamdan aceleyle gizlenmiş, beyaz toz dolu torbacığı bulmamın otuz saniye bile sürmeyeceğine bahse girdim. Bana on beş saniye daha tanıdı ve başarırsam, kendini bana istediğim şekilde sunmayı önerdi.. Eroin torbacığını cebimden çıkarıp, daha o sırtını döner dönmez bir ödül gibi havaya kaldırmakta hiç zorluk çekmedim.

"Şanslı herif, demek hiç de iyi saklanmamış. Nerede buldun?"

7. İngilizce "kız arkadaşa tecavüz ilacı." (ç.n.)

"Külotumun içinde, meleğim" dedim fısıltıyla, sonra da söylediklerimi kanıtlamak istercesine, soyunmaya koyuldum.

Karşımda diz çöktürdüm ve ağzını karnıma doğru çektim. Nefessiz kalmak üzereyken, onu aynı gece ikinci ve son kez ittiğimde, biraz şaşırarak gözlerini kaldırdı. *Bitirmeden* önce, koşulların uygunluğunu göz önünde bulundurup, hayatında bir kerecik de olsa, biraz önce bulduğum eroinin tadına bakmak isteyip istemediğini sordum.

Talihim yokmuş, arkasına gizlendiğini tahmin ettiğim ölüm karşısındaki son cevabı gösterişten, yücelikten yoksundu. Biraz da sezgisizce, sorumun anlamını merak etti, izlediği rejim yüzünden on gram şeker yerine beş gram un yutmayı tercih ettiğini büyük bir ciddiyetle anlattı.

"Aç ağzını, küçük melek" diye ısrar ettim.

Gözlerini yumup, dudaklarını uzattı. Kesenin içindekileri gırtlağına döküp, onu yeniden karnıma çektim. Birkaç saniye sonra, gözleri devrilmeye başladı. Neredeyse bana çarpıp bir tarafımı kıracak şekilde, başını hızla geriye attı, sonra korkunç bir kıvılcıma kapılıp, gitti. Omuriliğimi parçalayan bir adrenalin yükselmesinin kurbanı olarak yere yığılmama ramak kalmışken, bir süre yatağın kenarına ilişip, kendime gelmeye çalıştım.

Sahnenin merhum Kerbach'ın "Karine" için düşündüğü aşırı doz nedeniyle ölüm görüntüsüne her bakımdan eş olabilmesi için, kırk beş dakika uğraşmam gerekti. Valoutte'u kollarıma alıp, büyük yatağa yatırdım. Yenimin tersiyle ağzını sildim, elbiselerini çıkartıp, Karine'inkileri giydirdim. Özen kaygısıyla, saçlarını topuz yapıp, üstüne mankenin sarı perukasını geçirdim. Bundan sonra gösteri eroininden bir kısmını siyahlaşmış kaşığa dökmem, erittikten sonra da şırıngaya çekmem gerekti. Valoutte'ın ılık elini kaldırdım, şırıngayı katılaşmış parmaklarının arasına sıkıştırdım, elinin iğneyi kolunun içine batırmasını sağladım.

Bu cinayetin uygulaması üzerinde daha fazla durmayacağım. Bu cinayet bana bu akşam boğucu pişmanlıklar hatırlattığı ya da salakça bir gurur hissi verdiği için değil, ama kendime tanıdığım yüz günle, müfettişlerin eylemlerime bir son verecekleri belirsiz saat arasındaki zamanım kısıtlı; tüm gücümü projemin gelişmesine ayırmak zorundayım.

Son bir başlangıç gözlemimi aktarmama izin verin: okuyucunun yöntemimi iğrenç bulmasını, kuramcıdan uygulayıcıya geçişimdeki şaşırtıcı rahatlığım ve umursamazlığım karşısında isyan etmesini anlayışla karşılarım. Böylesi eleştirilere vereceğim cevap şudur: cinayet estetiği kuramımın kaderinde daha önce hiç duyulmamış bir talih, psikiyatr ve psikanalistlerden oluşmuş kısıtlı bir çevrenin ötesine taşıp, cinayet incelemeleri alanında sonsuza dek anılmasını sağlayacak bir ün yazılı. Bu da, en azından benim gözümde, bazı yan kayıpları meşrulaştırır. Böyle davranmakla işi ve eğlenceyi karıştırdım mı, sapık güdülerimi tatmin ettim mi, sorusuna gelince, size anlatırken akla karayı seçtiğim; hasta biri, saplantılı bir nevrozlu, Nietzsche'nin deyimiyle bir *Tiersch Mann*[8] oluşumu, sizlere beslediğim tüm saygıya rağmen hatırlatmakta yarar görüyorum.

Bu hareketin çok daha iyi anlaşılabilmesi için sizlerden bir an, yorulmaya başladığım için sadece bir an, psikoloğun bürosuna çağrıldığım dakikadan beri davranışlarıma egemen olan yönteme dikkat etmenizi rica edeceğim. Bayan Kerbach'ı ortadan kaldırarak Saint-Cyr'den kovulmamı önledim, biraz zorla da olsa, nekrospiritüel etnoloğu olarak yerimi sağlamlaştırdım.

Bir katil olarak yola çıkmaktan, bu yüzden de yararlı (Dardanie skalasında en çok 2 katsayı) yeni bir cinayet işleyerek harekete bağlılık göstermek durumunda kalmaktan az da olsa bir memnuniyetsizlik hissettiğimi saklayacak değilim. Oysa sosyolog Weber'in gözdesi katılımcı etnoloji, araştırmacının konusunun çeşitli ara aşamaları –benim durumumda, estetik cinayet– hakkında ayrıntılı bilgi sahibi olmasını, "ideal tiplemeleri" ya da ilk örneği –nedensiz cinayet ya da "eğlence" cinayeti– belirlemeden önce şahsen denemesini gerektiriyor.

Psikoloğun bürosundaki kulakları sağır edici sessizlikte, Kerbach'ın hareketsiz vücuduna bakarak, karşılaşacağım riskleri ölçtüğümde, cinayetime bir kaza (3 katsayı) süsü vermeyi kararlaştırdım. Bunu yapmak çok daha kolayken, bu cinayeti Monesto'nun sırtına sarmak gibi (4 katsayı) oldukça alçakça bir sonucu seçtim.

Birkaç gün sonra, sizlere beni rahatsız eden nevrozu itiraf ederken, bu cinayetin belki de herhangi bir estetik ölçüsünden habersiz (1 katsayı) bir iblisin işi olabileceğini fark ettim. Bu otoanaliz beni üzdü, Ceza Yasası'nın 122. maddesinin "olay sırasında sağduyusunu ya da eyleminin üzerindeki denetimini yok eden, psişik ya da nöropsişik rahatsızlığa yakalanmış bir kişinin cezaî ehliyeti" olamayacağını belirten birinci fırkasından yararlanabilme ihtimalimi kendime uzun uzun sordum.

Benden başka herkes kanunun bu maddesindeki iyi niyeti alkışlardı kuşkusuz, oysa bu maddenin sonuçları, en azından beni ilgi-

8. Almanca "hayvanî adam." (ç.n.)

lendirdiği kadarıyla, adımı taşıyan ölçekte bir derece daha yukarı tırmanmamı imkânsızlaştırması bakımından korkunç. Yine de saplantılı nevrozlunun, zihnen hasta insanlar ordusunda durumunun tümüyle bilincinde oluşu ve dolayısıyla sezgilerinin değişmezliği gibi bir özelliği var. En azından, ben böyle düşünme taraflısıyım.

Bu sabah, öldürme dürtüleriyle kalkmadığıma, içimde böylesi bir dürtü olsa da, bu dürtünün kısa yaşamı boyunca kusursuz bir aptal olmakla birlikte iyi bir kızcağız olarak bilinen Valoutte'a yönelik olmadığına yemin ederim. O gün biraz daha düzgün giyinmiş olsa, bende bilgece bastırılmış bazı istekleri uyandırmasa, bu akşam tek tek her parçası canlandırılmış yapay bir dairede kalıbı dinlendirmeyecek, yarın sabah da bir düzine stajyer komiser tarafından, kolunda bir şırıngayla bulunmayacak, tam tersine, kendi yatağında uyuyor olacaktı. Ne var ki ısrarlı bakışların eşliğindeki göz kırpmalar, belden aşağı konularda zararsız dokundurmalar, tüm gün boyunca çektiğim inatçı ve manidar kaşıntıların da kanıtladığı gibi, onu arzulamama neden oldu. Yapacak bir şey yok, en katılaşmış katillerin soyundan gelsem de, eninde sonunda ben de erkeğim.

İdarî polis dersini dalgınca dinlerken, Valoutte'un ortadan kaldırılması yararlı olur mu, olmaz mı diye düşünmeye koyuldum. Onu öldürmekle, eğlence cinayetlerine ayırdığım 5 katsayıya kolaylıkla adaylığımı koyabileceğim, hatta nedensiz cinayetlere verilen 6'ya da göz dikip, bu puanı dekor seçimi, mizansene gösterilen özen, cinayetin gerçekleştirilmesindeki yaratıcılığım gibi yardımcı ölçütler sayesinde, birkaç ondalık daha yükseltebileceğim sonucuna vardım. Hemen arkasından aklıma tükenmez bir esin kaynağı olan merhum psikoloğumuzun senaryosundan apartmalar yapma fikri geldi. Cinayet işlendikten sonra, mizanseni yerleştirmek hiç de güç olmamış, Valoutte da gerektiğinden fazla içki içerek, yanında bir kauçuk parçası bulundurmayı ihmal ederek, bunca cesedin bulunduğu bir dairede düzüşme fikrini alkışlayarak, bütün bu hazırlıklara itiraz etmeden katılmıştı.

Düşününce, bu cinayetin, ona karşı bir şeyler beslemeden, arzuladığım için aşk cinayeti (2 katsayı) kapsamına girmemekle birlikte, Valoutte'u ortadan kaldırma nedenimin, ona gösterdiğim ilgi olması yüzünden, nedensiz cinayetler sınıflandırmasına da sokulamayacağına karar verdim. Yine de, bana eğlence cinayeti işleme fırsatı sağlayan bu eylemimle olabildiğince barışığım.

Sabahın üç buçuğu oldu ve gücümü toparlamam gerek. Dünyada hiçbir güç, beni yarın sabah dokuzda yapılacak adlî polis dersini kaçırmaya zorlayamaz: etrafta dolaşan fısıltılara göre, küçük gruplar halinde daireye girecek ve orada, öğrenci odasının sessizliği ve yalnızlığında, aşırı doz kurbanı zavallı bir kızın cesedini bulacakmışız...

7 ekim çarşamba

Bu sabah, simülasyon salonunda yapılması gereken adlî polis uygulaması *sine die*[9] ertelendi. Düş kırıklığına uğradığımı saklayacak değilim. Oysa dairenin kapalı kapısının önüne ilk gelenlerdendim, Oscar ve Rodolphe'la ceset bulmanın kurallarını tartışıyorduk; o sırada eğitmenlerden biri, yüzü karmakarışık, dudakları sıkılı, daireden aceleyle çıktı. Yarım saat kadar sonra da, müdür yardımcılarından biri yanımıza gelerek, dersin ertelendiğini bildirdi.

Kısacası, beklenen etki yaratılamadı ve bundan cinayetimin –tabiî sadece sanatsal açıdan– zarar göreceğinden korkuyorum. En mutlak tarafsızlıkla, bu cinayetin 5 katsayısını hak etmekle birlikte, tanıklar üzerinde yaratacağı etkiye dayanarak vermeyi umduğum birkaç ondalığı yitireceği inancındayım. İleride, bu cinayetten söz edildiğinde, 5,6 gücünde olması gereken notunu 5,4'e düşüreceklerinden korkuyorum. Üstelik, Karine'in cesedine yaklaşırken, sahne düzeninin gerçekçiliğinden sarsılacağımızı, bu arada, çürümekte olan cesedin karakteristik kokusunu soluyacağımızı düşünüp, heveslendiğimi hatırladıkça! Bu beklenmedik fırsattan sadece o otuzbirci atış eğitmeninin yararlandığını, simülasyon salonundan bacaklarının var gücüyle ayrılırken yüzüne takındığı o somurtuk ifadeyle beni hiç de ödüllendirmediğini düşününce, içim içimi yiyor. Eğer bu salağın, figüranlıktan, hiç de imrenilmeyecek başrole geçmekte gözü yoksa, gelecekte böylesi bir nankörlük gösterisinden vazgeçmesi gerekecek.

Düş kırıklığımı artıran bir başka neden de, müdür yardımcısı sonradan amfiye, yanımıza gelinceye kadar, kimsenin Valoutte'un yokluğunun farkına varmamasıydı. Gösterişli projeme derhal bir sınır çizmeyi canı yürekten istemem için, hani neredeyse yanıma

9. Latince "belirsiz bir tarihe." (ç.n.)

gelip oturması, yuvalarından fırlamış gözlerini kocaman kocaman açarak, "Ee, mutlu musun şimdi?" diye sorması yeterli olacaktı.

Müdür yardımcısı, eğitmenlerden birinin yokluğunu bahane ederek, bizleri biraz da titrek bir sesle, akademinin kapısı önünde toplanmaya, burada da hepimizi Lyon çevresindeki İnterpol genel merkezine götürecek otobüse binmeye davet etti. Başka zaman olsa, adlî polisin bu önemli merkezini ziyaret etmek beni sevince boğabilirdi ama, başarılarımın kalesini bu kadar çabuk terk etmek zorunda kalmam, üzüntümü derinleştirdi. Anlaşılan, Valoutte'un cansız vücudunu bulup, alarm veren, dertli baba rolünü üstlenen atış eğitmeniydi. Çabalarım karşısında duyarsız davrandığı için günlüğümün adını hatırlamayacağı bu çocuğun ilk tepkisi, öğrencilerinden en şaklabanlarının bir şakasıyla karşı karşıya olduğunu düşünmekti kuşkusuz, ancak alaycı bir havayla genç kadının soğumuş boynuna dokunduğunda gerçeği, bu güzel kadının bu dünyadan ayrıldığını kabullenmek zorunda kalmıştı.

Kocaman adımlarla müdürün bürosuna koşarken neler düşünmüştü acaba? Öğrencinin akademi içinde düzenlenmiş çılgınca bir sefahat âlemi sonunda öldüğünü mü? Yoksa aşırı doz taklidi yapıp, hayatına dramatik bir biçimde son verdiğini mi? Eğitmen olanları anlattıkça, müdür birden başını ellerinin arasına alıp gözlerini tavana dikmiş olmalı. Kuşkusuz, facianın boyutlarını kendi gözleriyle görmek istedi, ama eğitmen cesedin birkaç metre ötesinde bekleşen öğrencilerden bahsederek, müdürü bu isteğinden vazgeçirdi.

"Haklısınız azizim" demiş olmalı beriki, "bir an için ne diyeceğimi şaşırdım." Sonra da telefonu kaldırıp yardımcısına haber vermiş, bu arada da öğrencileri birkaç saatliğine olsa da akademiden uzaklaştırmanın bir yolunu bulmasını istemiştir.

Adlî polisin keskin burunlu uzmanlarının aşırı dozdan ölüme karar vereceklerine bahse girebilirim. Güzel kadıncağızın böyle bir yerde bu kadar aşağılık bir meşgaleyle uğraşmasının gerekçesini merak edecek olsalar da, Saint-Cyr müdürünün akademiyi dünyanın en sık cinayet işlenen mekânlarından birisi olarak tanıtacak ikinci bir cinayet yerine, kaza makyajıyla süsleyeceği bir aşırı doz açıklamasına daha istekle sarılacağından eminim.

Düşününce, İnterpol ziyaretinin hiç de yararsız olmayacağına karar verdim. Eğer düş kırıklığından sıyrılmayı başardıysam, bunu özellikle Oscar'a borçluyum. Öğrencilerin tümü kurumun kafeteryasına, karınlarını doyurmaya yönelirken, tezini yazarken karşılaştığı Londralı bir polis yetkilisini tanıştırdı.

Üçümüz bir arada, diğerlerinden biraz beride bir masaya oturduğumuzda, talihsizlik yoldaşlarımız yemeklerini bitirmiş, ziyaretlerini sürdürmek için kafeteryadan ayrılmak üzereydi. Seri cinayet failleriyle mücadele konusunda Avrupa'nın en üst düzey yetkililerinden biri olan İngiliz polis, acele etmememizi işaret edince, konuşma doğruca Oscar'ı büyüleyen konuya yöneldi. İlgisizce namusluluk tasladım. Üç saat boyunca, gözleri dönüverdiğinden ya da önüne geçilmez bir cinsel dürtüyle harekete geçen psikotik katiller ile De Salvo gibi, müfettişlerle alay eden, plan meraklıları arasındaki farkı tartıştık. Londralı polis görevlisi uzun uzun "cinayetin züppesi" olarak bilinen Lacenaire ile "Zodiac" adıyla anılan, şifreli şiirleri ve çizimleriyle en az otuz cinayetin faili olduğunu iddia eden Kaliforniyalının çözümlenememiş dosyasından bahsetti.

Oscar İngiliz komiserin anlattığı işkenceleri, öldürme biçimlerini duyunca, hayranlığını belirten heyecan dolu haykırışlarını tutamadı. Arkadaşıma sonuna dek güvenmesem ve seri cinayet faillerine karşı beslediği tümüyle soyut hayranlığı bilmesem, birçok açıdan asabiyetinden kuşkulanmam gerekirdi. Üstelik, konuğumuz da belli etmemeye çalışmakla birlikte, şaşırmış görünüyordu. Tüm sohbet boyunca, konuya olan ilgimi göstermemeyi başarmış, birkaç kez gruba katılmamız gerektiğini belirtmişken, Oscar beş yıldan beri incelediği katillerin çalışma yöntemleri hakkında hep daha fazla ayrıntı istiyordu.

Bizi Saint-Cyr'e döndürecek otobüse bindiğimizde, Valoutte'un yokluğu hâlâ göze çarpmamıştı. Dönüş yolu boyunca, eğer bir gün psikoloğun, Valoutte'un ve Tanrı bilir ya, onları izleyeceklerin ölümlerine ciddiyetle eğilmeye karar verildiğinde, Oscar'ın pek uygun bir zanlı olabileceğini düşünerek eğlendim. İyice düşündükçe, Oscar ideal zanlı olarak çıktı karşıma. O her şeyden önce, soğukkanlılıkla işlenmiş korkunç cinayetlere, planlı cinayet işleyenlere karşı duyduğu sonsuz takdiri saklamakta zorlanan bir uzman. Üstelik, hatırlanacağı gibi Kerbach-Monesto çiftinin sıkı dostu olmuş, Valoutte'a karşı da gerçek bir hayranlık beslemişti.

Otobüs, akademinin parmaklıkları önünde durduğunda, sürekli eğitim sorumlusu ve eski bir polis memuru olan Franche yanımıza yaklaştı ve Valoutte'un okuldan ayrılışı ile yeni kadın öğrencinin gelişi şerefine kadeh kaldırmamızı önerdi. Valoutte'un alelacele gidişinin nedenini öğrenmek için Franche'ın çevresini sardık. Sabık polis memuru, yüzünde tek bir kıl bile oynamadan Valoutte'un ENA'ya[10] kabul edildiğinden, Strasbourg'a gitmeyi yeğlediğini anlattı. Bir de Valoutte'un bizlere bu haberi verme cesaretini kendinde bulamadığını, beklenmedik gidişini affettirmek için hepimize içki ısmarlamaya karar verdiğini ekledi. Kuşkusuz genç kadının uçup giden çekiciliğini hatırlayıp, rahatsızlığını saklamakta biraz zorlanan Oscar'ın aksine, gizlice gözetlendiğimizden emin olarak, heyecanımı kesinlikle göstermemeye gayret ettim.

Küçük grubumuz, her zamanki gibi sangrianın[11] çevresinde toplandı. Yeni öğrenci gelip kendini tanıttı, arkadaşımızın henüz soğumayan yerini aldığı için de özür diledi. Giriş sınavı sonunda, yedek listenin başında yer aldığından, bir öğrencinin ayrılmasıyla akademiye girmeye hak kazandığını belirtti. Oscar kızcağızda bir yapaylık bulup, insanın kendini böylesine ısrarla kabul ettirmeye çalışmasının doğru olmadığını söyledi. Laetitia kızcağızı sevimli buldu ve beni gözlerimi ona dikmekle suçlamakta gecikmedi. Tuhaftır, genç kadınla daha yakınlarda bir zaman karşılaşmış olduğumdan eminim. Yeni gelen, biraz sonra diğer gruplarla da tanışmaya gidince, Valoutte'un patavatsız davranışlarını eleştirmekten geri kalmayan Francis ve Rodolphe'la kadeh tokuşturma fırsatını buldum.

Sangriada acı bir tat olduğunu ve böylesine yaslı bir günde okul idaresinin bizlere rengi ve adı esin dolu bir içki yerine çok daha uygun bir likör sunabileceğini düşündüm.

10. École Natonale d'Administration: Fransa'ya yüksek kademe yönetici yetiştiren ünlü okul. (ç.n.)

11. Kırmızı şaraba meyve parçaları ve şeker katılarak yapılan, İspanyol içkisi. (ç.n.)

8 ekim perşembe

Laetitia gözyaşları içinde, yüzü karmakarışık, odama daldı. Bir ağız kalabalıklığı içinde, beni yeni gelene gösterdiğim ilgiyle ve daha da önemlisi, onun tenine olan ilgisizliğimle suçlayarak, en dramatik boyutlarıyla gerçek bir karıkoca kavgası yarattı:

"Bana iki haftadan beri dokunmamanın nedenini bir gün açıklamaya karar verecek misin, Paul? Evet mi, hayır mı? Bağırıyor muyum, umurumda bile değil! Ben bir arabada şipşak becerilip unutulacak kızlardan değilim! Hazır sırası gelmişken, o aşk gecesinden de bahsedelim, Paul; arabanda, kronometreyle otuz saniye! Dekora, Thou Dağı'na gelince, yeni öğrenci bile biliyor orasını, oysa buraya geleli daha iki saat bile olmadı! Beni ne sanıyorsun, Bay Dardanie?"

Konuşmasını fırsat bilip iki kadeh yıkadığımı, şişeyi açtığımı gözden kaçırmadan, suçlamalarını sürdürdü, ben de haklı olduğunu kabul etmek zorunda kaldım. Genç kadını sakinleştirmek için gençliğimin romanlarından aklımda kalan bütün baygın cümleleri gözlerimde büyük bir pişmanlıkla ona tekrarlamam gerekti. Choderlos de Laclos'un *Tehlikeli İlişkiler*'i böylesi durumlar için hep cankurtaran simidi olmuştur. Bu kitabın, tabiî kavga meraklısı sevgilinizin okumamış olması, söylediklerinizde daha önce yaşanmışlık tadı almaması koşuluyla; akıntıya kapılan birçok çifti barıştırmak gibi bir özelliği var. Laetitia tatlı sözlerim ve alkolün de yardımıyla kollarımın arasına büzülüp, beni o akşam Thou Dağı'nda olanlar için kutladı. Orada pek gururlanacak bir rol oynamadığımı söylememe ramak kaldı. Olanları söylemediysem, bunu kadıncağızı üzmeme isteğimden çok, hem kendimi, hem de sizleri o akşamki davranışlarımın analizinden kurtarmak için yaptığımı sanıyorum.

Kendimi sizlerin gözünde temize çıkarmam için, saplantılı nevrozluların yoksul bir cinsellikten acı duyduklarını, partnerlerini nesneleştirmekten, zevklerinin aletine indirgemekten hoşlandıklarını anlatmam yeterli olacaktır. Bu sayfaları ellerinde tutan sizlerin, cinayetlerimi okuduğunuzda dehşete kapılmayacağınızı sezer gibiyim. Oysa sapkın cinselliğimi incelemeye kalksam, dudaklarınızın uçuklayacağından eminim. Beni aşağılık bir pornografiyle suçlayarak, günlüğü elinizden fırlattığınızı görür gibi oluyorum. Günlük size en gizli fantezilerinizi, en bastırılmış zina ve hâkimiyet arzularınızı, en mahrem sadist eğilimlerinizi hatırlatırken, bir cinayet işlemek size öylesine yabancı görünecek ki, rahatsız bile etmeyecek.

Bu sabah erkenden kalktım, Laetitia için ayçöreği almaya gidip, dönüşümde onu hâlâ uyur buldum. Yanına uzanıp, programımın devamını düşündüm. Günün bu saatinde seçimim, okulun parkında boğazlanmış bulunan ve uyuşturucu satıcısı rolünde inandırıcı görünen Alex doğrultusundaydı. Bütün bu sayfalar boyunca Alex'in portresini yapmadıysam bunun basit nedeni, üstü açılır arabasıyla, kısa kesilmiş saçları ve yorgun bakışlı gözleriyle kusursuz bir uyuşturucu satıcısı tipi çizmesine rağmen, arkadaş grubuma dahil olmamasıydı. Koşulların bir araya gelişi Alex'in hayatını kurtardı. Eğer bu günlük, bir gün eline geçerse, ona mezarımdan bir öğüt verip dünyanın hali hakkında bilgi sahibi olmanın çok işine yarayacağını, bu nedenle de arabasından vazgeçip, görünüşüyle biraz ilgilenmesi gerektiğini söylerdim.

Birkaç dakika sonra yemekhaneden çıkarken, bundan sonraki kurbanımın kim olacağını kesinlikle biliyordum. Laetitia okulun ayçöreklerinin benimkilerden daha iyi olduğu (bir gün bu kırıcı sözlerinin bedelini ödeyecek) gözlemini yapmaya beni zorlarken, yeni öğrenci, elinde yemek tepsisiyle tepemizde belirdi ve masamıza oturmak için izin istedi. Bir gün önce yüzüne bakıp ona bir ad vermem imkânsızken, şimdi bej renkli ceketini görür görmez hafızam tazelendi. Adının Lucette Guignon olduğunu söylemişti ya, bunun sahte bir ad olduğundan eminim. Marsilya Üniversitesi'nden daha bir gün önce ayrıldığını anlatmıştı, oysa daha bir hafta önce polis komiseri olduğunu, Lyon Cinayet Masası'nda çalıştığını biliyorum. Gerçekten de bir hafta önce, Bayan Kerbach'ın ölümünü soruşturmak üzere Saint-Cyr'e gelen polislerin arasında onu uzaktan, bej gabardininin içinde gördüğümü hatırlıyorum. Sadece çok pahalı romanlarda görülebilecek bir rastlantı, Lyon'dan gönderilen polisleri görmeme neden olmuştu.

Bu gerçek beni endişelendirdi. Bu tür bir egzersizde ustalaştığımı düşünmeme rağmen, heyecanıma hâkim olmakta zorlandım. Demek okul müdürü aşırı doz benzetmemi on beş dakika bile yutmamış, bu korkunç mizansenin gerisinde nelerin gizlendiğini anlamak için, aramıza bir köstebek salmıştı.

Beş dakika boyunca, içimden gelen bir dürtüyle, kadından kaçmayı yoğun bir biçimde düşündüm, sonra sempatisini kazanıp, kuşkularını yönlendirmeye çalışmakla neler kazanabileceğimi hesaplamaya başladım. Bir günden kısa bir sürede Oscar'dan kuşkulanmasını sağlamaya, kuşkularını çalıştığı birimle paylaşmasına izin verdikten sonra, onu uyuşturucu satıcısı rolünde ortadan kaldırmaya karar verdim. Böylesi bir çalışma varsayımı iki önemli avantaj getirir: artık size Alex'in portresini çizmeme gerek yok, adının Lucette Guignon olduğunu söyleyen kadın, satıcı tanımına kusursuz uyuyor. Kerbach'ın düşündüğü senaryodaki uyuşturucu satıcısının, sağladığı bilgiler karşılığında ticaretine göz yuman polisle sıkı işbirliği içinde olduğunu unutmadınız umarım.

Yabancı haklarına ayrılmış ders boyunca, köstebek Lucette, Laetitia'yla aramıza yerleşti, her üçümüz sevimlilik konusunda birbirimizle rekabet ettik. Saint-Cyr'deki genel havayla ilgili oldukça önemsiz bir sohbetin dönemecinde, Lucette gözlerini benimkilere dikerek, Monesto'nun sağlığını ve sevgilisini boğma nedenlerini soruverdi. Saldırıyı bekliyordum, bu nedenle de hepimizin gözünde ani öfke nöbetlerine kapılan, kendini beğenmişin biri olduğunu söyleyerek, Monesto'yu yerin dibine geçirdim. Cevabım kadını memnun etmişe benziyordu.

Sabah on bir molasında oyunu ona bir kahve ısmarlamaya kadar götürmedimse de, onun ısmarlamasını seve seve kabul ettim. On beş dakikalık bir konuşmanın sonunda güzergâhımla ve isteklerimle ilgili hemen hemen her şeyi biliyordu. Tanrım, ne kadar da sevimliydi! Dostluğumuz büyük bir ihtimalle uzun sürmeyecek ve projelerimi gerçekleştirmemi engellemeyecek, ama karanlığın güçlerine karşı yürütülen mücadelenin sunağında kurban edilen bu genç yeteneği uzun bir süre hatırlayacağım; bu nedenle önünde saygıyla eğiliyorum.

Derse yeniden döndüğümüzde Lucette, Alex'in, hayatını kurtardığı adamın yanına oturdu. O dakikadan itibaren beni artık zararsız olarak nitelendirdiğini anladım. Bundan memnunluk duyabilirdim, ama temize çıkmak işime gelmiyordu, hâlâ kuşkularını yönlendirebilirdim. Yemek saatinde yanına yaklaştım ve Valoutte'tan sonra boş kalan iskemleye oturması gerektiğini bahane ederek, genellikle Francis, Rodolphe ve Oscar'la paylaştığımız masaya davet ettim. Davetim bir an için tuhafına gittiyse de, o kadar ısrar ettim ki geri çeviremedi. İçimden, kadıncağızın zararını tazmin için, Oscar'ın planlı cinayetler konusundaki geniş bilgisini göstermesi gerektiğini düşündüm.

Arkadaşımın her zamanki heyecanıyla Londralı komiserle yaptığımız sohbeti anlatması için fazla gayret göstermem gerekmedi. Köstebek, Oscar'ın coşkusundan öylesine etkilenmiş görünüyordu ki, büyük bir parçasını tabağında unuttuğu tatlısını nazikçe izin aldıktan sonra mideye indirdim. Özellikle hoşuma giden bir tatlı olduğundan değil, ama bu anekdotu size anlatırken duyacağım keyfi düşündüğümden. Lucette gözüme sevimli gözüktüğünden birkaç gün sonra, parkta gırtlağını kesmem gerektiğinde ona fazla acı çektirmemeye bu günlük üzerine yemin ediyorum.

Akşama doğru odama çekildim ve arka planda Mozart'la iki saat boyunca kuramımı yapılandırmaya çabaladım. Cinayetlerimin ve katil projelerimin tüm yasallığını ortadan kaldırma pahasına da olsa, teori ile pratik arasında değişim gerçekleştirmem gerek. Kuramlarıma dalacak suçluluk psikolojisi öğrencilerini düşünüp, onlar için Monesto'nun polis komiserliği diplomasına hak kazanmak isteyen adaylara salık verdiği çalışmayı günlüğüme eklemeyi uygun buluyorum.

Francis'in yaptığı tüm araştırmalara rağmen, Paul de Dardanie'nin cinayetin estetiği konulu çalışmasının izine rastlanılamadı. Sadece çizgili kâğıda aceleyle çiziktirilmiş ya da Dardanie'nin kişisel bilgisayarına kaydedilmiş dağınık birkaç metne ulaşılabildi. Büyük çoğunluğu bölük pörçük, oldukça önemsiz bu metinlerin arasında, özellikle dikkatimizi çeken iki tane var: bunlardan birincisi "güzel cinayet gerçekleştirme yolunda on kriter" (bunlar yazarın kendi sözleri); diğeriyse inceleme için çeşitli kriterlere nitel önemler atfetmeye çalışan ve her birine "Dardanie kuramı yardımıyla bir cinayetin estetik derecelendirmesini tarafsız bir şekilde belirlemeye ve bir cinayetin estetiği üzerindeki etkisini kestirmeye yarayan (bunlar da, bizzat yazarın sözleridir) dengelilik oranı ve değişiklik katsayısı" (tamamlanmamış metin). Francis'in bulabildiği yazılardan alıntılar:

A/Çeşitli etkenlerin tanımı ve incelenmesi – nitel önemlerinin karşılaştırılması:

1. Katili harekete geçiren amaçlar ve nedenler (kısaltması: AmNe; başlıca değerlendirme ölçütü; yapmacıklığa göre dengelilik

1,2; değişiklik katsayısı: deli ya da sarhoş cinayetinde 0 puan; yarar cinayetinde değişiklik 1 puan, eğlence cinayetinde ya da nedensiz cinayette 3 puan, kazayla adam öldürmede 1 puan).

2. Cinayet yöntemi ve kullanılan araçlar (kısaltması: CiYKA; önemli bir ölçüt, dengelilik katsayısı 0,4; değişiklik katsayısı, alışılmış yöntem ve araçlar için 0 puan, orijinal yöntem ve yenilikçi araçlar için 1 puan).

3. Cinayetin planlılığı ya da plansızlığı (kısaltması: Cpp; önemli, belki de gereksiz (?) ölçüt; dengelilik katsayısı: 0,3; değişiklik katsayısı: plansız ve psikotik cinayete (bkz. Ressler) 0 puan, planlı cinayete 1 puan).

4. Cinayetin öncesinde ve hemen sonrasında katilin duygusal durumu (kısaltması: DuDu; iyi bir ölçüt; dengelilik katsayısı: 0,2; değişiklik katsayısı: duyarsızlaştırılmış ruh haline 0 puan, zayıf duygu denetimine 1 puan, dikkate değer bir duygusal güce 2 puan).

5. Mizansen, ritüel, cinayet sahnesinde dekor seçimi (kısaltması: MRDe; önemli bir ölçüt; dengelilik katsayısı: 0,4; değişiklik katsayısı: konformizme 0 ceza puanı; orijinalliğe, yaratıcılığa 1 ödül puanı).

6. Kurban seçimi ve kurbanın kişiliği (kısaltması: KuSeK; önemli bir ölçüt; dengelilik katsayısı: 0,4; değişiklik katsayısı: kurban katilin can sıkıcı, bıktırıcı, rahatsız edici bir yakınıysa 0 puan, herhangi bir tanıdık ya da ünlü biriyse 1 puan, katil tarafından kesinlikle tanınmıyorsa –eğlence ya da nedensiz– 2 puan).

7. Sabıka, olayın yinelenmesi (kısaltması: SaYi; oldukça önemsiz bir ölçüt; dengelilik katsayısı: 0,1; değişiklik katsayısı: birinci cinayette 0 puan, ikinciden dokuzuncu cinayete kadar 1 puan, onuncudan doksan dokuzuncu cinayete kadar 2 puan, yüz ve sonrasına 3 puan).

8. Katilin ileri sürdüğü açıklamalar (kısaltması: KaAç; orta önemde bir ölçüt; dengelilik katsayısı: 0,2; değişiklik katsayısı: açıklamanın yokluğu ya da baskı altında ya da işkenceyle yapılan açıklama, 0 puan, heyecanla dile getirilen anlaşılır açıklama, 1 puan).

9. Cinayetin tanıtımı (kısaltması: CiTa; önemli bir ölçüt; dengelilik katsayısı: 0,4; değişiklik katsayısı: cinayet meçhul kalırsa (mükemmel cinayet) 0 puan, katilin zorlandığı açıklama ya da cinayetten hemen sonra yapılmayan açıklama 1 puan, katilin özellikle de medya önünde özgürce yaptığı açıklama 2 puan).

10. Cinayetin halk üzerindeki etkisi (kısaltması: CiHEt; orta önemde bir ölçüt; dengelilik katsayısı: 0,2; değişiklik katsayısı: halkın cinayetten haberi yoksa 0 puan, cinayetleri öğrenmiş ve heyecan duymuşsa 1 puan).

B/ Dardanie kuramı ve seçilmiş örnekler:

Bir cinayetin gücü derecelerle belirlenir, çeşitli değerlendirme ölçütleriyle ilgili dengelilik katsayılarının (DK) değişiklik oranıyla (DO) çarpımlarının toplamına eşittir:

Cinayetin gücü=

(DO (AmNe) x 1,2)
+
(DO (CiYKa) x 0,4)
+
(DO (Cpp) x 0,3)
+
(DO (DuDu) x 0,2)
+
(DO (MRDe) x 0,4)
+
(DO (KuSeK) x 0,4)
+
(DO (SaYi) x 0,1)
+
(DO (KaAç) x 0,2)
+
(DO (CiTa) x 0,4)
+
(DO (CiHEt) x 0,2)

Örneğin, Valoutte cinayetini ele alalım:

– Amaç
  DO = 3 (eğlence cinayeti) x (DK = 1,2 . . . . + 3,6
– Gerçekleştirme yöntemi
  DO = 1 (az görülür) x (DK = 0,4) . . . . + 0,4
– Planlılık
  DO = 1 (evet) x (DK = 0,3) . . . . + 0,3
– Duygusal güç
  DO = 1 (zayıf) x (DK = 0,2) . . . . + 0,2
– Mizansen
  DO = 1 (özenli) x (DK = 0,4) . . . . + 0,4
– Kurban
  DO = 1 (tanıdık) x (DK = 0,4) . . . . + 0,4
– Sabıka
  DO = 1 (ikinci) x (DK = 0,1) . . . . + 0,1
– Açıklamalar

DO = 1 (anlaşılır) x (DK = 0,2) . . . . + 0,2

– Tanıtma

DO = 1 (tanıtılmadı) x (DK = 0,4) . . . . + 0,4

– Halkta heyecan

DO = 0 (heyecan yok) x (DK = =,2) . . . . + 0,0

Toplam = 6,0

Kısacası, Valoutte cinayeti, "Dardanie ölçeğinde 6 kuvvetinde" bir cinayettir. Burada dikkat edilmesi gereken, ceset öğrenciler tarafından bulunmuş olsaydı, cinayetin 6,2 gücüne yükseleceğiydi. (Böylelikle Valoutte cinayetinin bir önceki gün 6,2 gücünde olduğunu, sabah zayıflayarak 6 gücüne düştüğünü söyleyebiliriz.)

Bilgi vermek açısından, bu skalaya göre değerlendirilmiş birçok ünlü cinayet, aşağıdaki sonuçları vermişlerdir:

– Habil'in Kabil tarafından öldürülmesi (ilk cinayet) : 2,3 gücünde.

– Agahta Christie'nin *Doğu Ekspresi Cinayeti*: 2,6 gücünde.

– Papin kardeşlerin çifte cinayeti: 1,8 gücünde.

– Ted Bundy'nin cinayetleri: 5,9 gücünde.

– Edgar Poe'nun *Morgue Sokağı Cinayeti*: 0,3 gücünde.

– John Fitzgerald Kennedy cinayeti: 2,7 kuvvetinde.

– Savigny Kontesi'nin öldürülmesi: 1,9 gücünde. (Bkz. Barbey D'Aurevilly'nin *Suçta Mutluluk*)

– İnsan yiyici Hannibal'ın acı veren cinayetleri: 5,7 gücünde.

9 ekim cuma

Bu sabah okuldan oldukça erken saatte ve itiraf etmek gerekirse, büyük bir keyifle ayrıldım, Bayan Canchale'i ziyaret etmek için kuzeye yöneldim. Böylelikle, "köstebek" diye de bilinen Lucette Guignon'a kısa bir mühlet tanımış oldum; ona bahşettiğim bu süreden yararlanarak son saatlerini doya doya yaşaması, kısa zaman sonra kusacağı temiz Saint-Cyr havasını ciğerlerine doldurması için dua ediyorum.

Ani bir SNCF[12] grevi yüzünden, art arda üç karısını da öldüren genç bir polis memurunu sorgulamak için Fresnes'ye giden Francis'in arabasına binmek zorunda kaldım. Rodolphe da zaman öldürmek için bizimle gelmek istedi. Yoldayken, karısı Corinne'in on yedi yaşında bir pizza dağıtıcısıyla mercimeği fırına verdiğinden kuşkulandığını itiraf etti. Akademinin adına zarar verecek 2 kuvvetinde bir aşk cinayetinin gelmekte olduğunu hissederek, Bayan Canchale'le görüşmemi ertelemeyi ve arkadaşıma evine kadar eşlik etmeyi önerdim. Rodolphe teklifimi var gücüyle direnerek reddetti. Ona kalırsa, bu iş sadece onu ilgilendirirmiş. Canımızı sıkmak mı istiyordu, nedir, kırk beş dakikalık yol boyunca küçük ve büyük tasalarıyla kafamızı şişirdi. Hem Francis'in hem de benim böylesi şeylere alışkın olduğumuza Tanrı tanıktır ya, Rodolphe mideye indirdiği üç ya da dört kadehin bedelini öderken, bizlerin saldırıya geçmeye hazır olduğumuzu, onun kanındaki alkol oranına hiç de gıpta etmediğimizi eklemenin yararı var, diye düşünüyorum. Francis'in Austin'inin iki metreküpüne aç biilaç sıkışmışken, çocukça ağlaşmasına, parmağındaki alyansı kana bulayacak kadar kıvranmasına bakıp, ona acımamakta zorlanıyorum. Yarım saatlik sızlanmadan sonra, Francis'in gerildiğini his-

12. Fransız Demiryolları İdaresi. (ç.n.)

settim. Minisinin hızını artırıp, gitgide yükselen bir sesle, kadın müşterilerinden en az yüz on ikisine ender görülür ve son derecede zararlı bir frengi bulaştıran bir pizza dağıtıcısı tanıdığını anlattı. Adamın meslektaşlarından birinin yıkıcı maceralarını aktarmak üzereyken, Rodolphe'un sessizce hıçkırdığını fark ettim. Francis'e belli belirsiz bir işaret çakıp, mola vermeyi önerdim.

İki saat kadar sonra, Clermont Hastanesi'nin giriş kapısının önüne vardığımda, Bayan Canchale beni kabul etmek için mavi pamukludan uzun bir yazlık elbise giymiş, ensesine topladığı saçlarını da lacivert bir kumaşla sarmıştı. Bununla da kalmayıp, zarafeti yüzünü pudralamaya ve bana *La Vieille qui marchait dans la mer* filmindeki Jeanne Moreau'yu hatırlatan mor bir dudak boyası sürmeye kadar vardırmıştı. Sesi o kadar kısık olmamakla birlikte, beni derinden etkileyen bir heyecan yüklüydü:

"Benim küçük Paul'üm, hemen yanıma oturun. Hayır, karşıma oturursanız daha iyi ama, bacaklarınızı sıkmayın böyle! İnanır mısınız, dün gece sizi rüyamda gördüm. Başarılarınızı anlatarak sizi zor duruma düşürecek değilim! Hoşunuza gitmesi için, sadece çok kahramanca çabaladığınızı söylemekle yetineceğim. Bir de, eğer bacak aranız zavallı kuzenim Benoît'nınkinin kaderini paylaşacak olsa, midillinin ayağının kırılacağından emin olduğumu da eklemek isterim!"

Canchale'le karşılıklı kahkahalar attık, sonra elimi tutup, resmiyeti bırakmam gerektiğini söyledi:

"Paul, sizinle yeniden buluştuğum ve yanınızda birkaç saat geçireceğim için havalarda uçuyorum, üstelik yardımlarınız sayesinde bu mahpusaneden ayrılmayı da umuyorum. Doktorlara buradan ne zaman çıkabileceğimi sormadınız mı yoksa?"

En çok iki hafta sonra dışarıda olacağına söz verdim. Bir de yalan söyledim, daha birkaç dakika önce, ısrarım karşısında geri adım atıp, Bayan Canchale'in yeniyılı dışarıda kutlayacağını kabul etmek zorunda kalan bir doktorla konuştuğumu anlattım.

"Paul, artık ne isterseniz itiraf etmeye hazırım. Nerede kalmıştık? Maceramın gayriresmî biçimini anlatmamı istediğinizi hissetmiştim ama, birinci ziyaretinizde henüz fazla erkendi! Sakın yanlış anlamayın, görünüşüme rağmen, daha tanışır tanışmaz yabancılara açılanlardan değilim. Artık tanıştığımıza göre, size açılmaya hazırım. Her neyse, annem elli yaşındayken gökyüzüne, bütün dertlerinin kaynağı babamın yanına döndü, ben de hanımefendi diye çağırılma hakkını kazandım. Gizlice evlendiğimden değil, nezaket belirli bir yaştan sonra, evde kalmış kızlara "küçükhanım" diye hitap ederek yaralarını deşmeyi yasaklar. Bu anlamsal ikiyüzlülük beni tahmin edilebileceğin de ötesinde rahatsız ediyordu. En acil isteğim, hak edilmemiş ve onursal diye nitelendirdiğim bu hitap tarzının, ona şehvetli anlamını kazandıracak erkeksi saldırıların ağırlığıyla bel verip yıkılmasını görmekti. Gelişmeye, açılıp olgunlaşmaya can atıyordum, ailemden kalan çiftliği rezil bir fiyat karşılığında sattım. Bu parayla, başkentin kuzey banliyösünde bir garsoniyer kiralamayı başardım. Bir de, kendime Citroën marka bir kamyonet edindim. Geç kalkma âdeti edindim, az yemek yiyor, öğleden sonralarımı da o zamana kadar bana yasaklanan kitapları okumakla geçiriyordum. Sonra da kamyonetimin direksiyonuna geçip, başkentin en karmaşık yerlerine gidiyordum. Yazık ki geçen yılların beni zamansız yaşlandırdığını, artık bakışlarıyla karşılaştığım erkeklerin yüzünde, benim dudaklarımda bir tebessüm belirmeyeceğini çabuk anladım. İnanır mısınız, Paul, ağzımı çarpıtan gıpta ve acı karışımı sırıtışın, karşınızda belirmesinden keyif aldığım mutlu bir gülümsemeye dönüşmesi için bu tımarhanede inzivaya çekilmem gerekti. Sadece o sırıtış da değil, o zamanlar uygun olduğunu sandığım giyimim –aşırı derecede kısa etek, ürkütücü dekolte, iğne topuklar– de sıska bacaklarımı, sarkık göğsümü, pörsümüş kalçalarımı belirginleştirerek işimi bozdu.

Birkaç fırsatım oldu tabiî, o fırsatları yaratmak için bizzat uğraşsam da, birkaç fırsatım oldu, ama her seferinde erkeklerin alçaklığına, aldırışsızlığına ya da iktidarsızlığına tosladım. Mesela, bir kasım akşamı, Doğu Garı'nda, çakırkeyif bir Alman emeklisini tahrik ettiğimi hatırlıyorum. Bir kadeh ısmarladığımda şaşırmış gözüktü, Pigalle'de bir barda, kravatını gevşetme ya da terli alnını silme zahmetine bile katlanmayan bir konsomatrise içki ısmarlamanın sekiz yüz markına mal olduğunu anlatırken, gözyaşlarını zor tuttu. O kadar içtik ki zavallı, Münih trenini kaçırdı. Üzüntüsünü gidermek için, ona bir barınak bulmayı önerdim. Vincennes Ormanı'na kadar götürdüm. Fermuarını indirdim. Aletinin ne kadar kısa olduğunu bir görseydiniz! O dönemde minik bir tebessümü bile beceremiyordum ama, gülmeyi biliyordum işte, o akşam da gülmekten katıldım. Bunun sapık sonucu da, o şeyin daha da ufalması oldu. Alman öylesine üzüntülüydü ki, canlandırmaya çabaladım, ama olan olmuştu bir kere, adamın duyduğu sıkıntı aletinin sertleşememesinden çok, alnındaki kızıllıktan anlaşılıyordu! Birkaç hafta sonra, Seine rıhtımlarında sürten, ölgün bakışlı, yakışıklı bir öğrenciyle tanıştım. Birkaç dakika izledikten sonra, arabama davet ettim. Bana sevgiyle sarıldı, ama elbiselerini çıkarmaya koyulduğumda, kadife pantolonunun altında beyaz pamukludan kundak beziyle karşılaştım. Canım sıkkın, bunun ne demek olduğunu sordum. Tir tir titreyerek, gözleri yaşlı, bakışlarını benden kaçırdı ve cevap verdi: "Beni azarlamayın, anne, söz veriyorum, bir dahaki sefere çok daha uslu olacağım." Sonra da, inanır mısınız, hemen oracıkta pudralı kıçını şiddetle tokatlamamı istedi. Yapmayacağımı söyleyince, mememe yaslanarak bir dana gibi böğürmeye başladı...

Soğuk bir aralık gecesi, erkekleri tahrik etmek için file çoraplar ve sahte bir kürkle Boulogne Ormanı'nın kıyısına dikildiğimi söyleyeyim de, anlayın. O kahrolası gece kuşlarından birinin arabasının farları ışığında yüzümü görmeye çalışmaktan bıkıp, hizmetimin karşılığını sormak üzere yanıma gelmesi için kırk beş dakika beklemem gerekti. Maalesef, zavallı öyle sarhoştu ki, taklavatı cansız gibiydi. Birkaç dakika sonra, önümde ikinci bir araba durduğunda, mantomu açıp soluk çıplaklığımı göstermenin zamanının geldiğini sandım. Her türlü beklentime rağmen, arabadaki üç kişi buzdan heykeller gibi durunca, yavaşça elimi bacaklarımın arasına doğru kaydırdım. Şoför kafasını çevirdi, sonra da cebinden mantomun eteklerini ani bir sağanaktan da hızlı kapattıracak, üç renkli bir kimlik çıkardı. Tek kelime bile etmeden beni karakola götürdüler, orada daha sakalı bile çıkmamış komiserin karşısında salakça bir konferans dinlemek zorunda kaldım, adam, kuşkusuz saygıdeğer yaşımdan söz etmek isterken, konuşmasını harika bir deyimle tamamladı: "Düşünüyorum da, Hanımefendi, annem olabilirdiniz." Fırsatı kaçırmadım, bu söylediğine bir itirazım olmadığını belirttim. Anlaması üç saniye sürdü. Sonra, yüzü bembeyaz, ayağa fırladı ve koridorda bekleşen meslektaşlarının duyması için "Karı bana orospu çocuğu dedi!" diye böğürdü. Hemen o dakikada yediğim ve beni ayakta nakavt eden tokada rağmen, sıkı bir gece geçirdiğime yemin ederim, Dardanie.

16 aralık 197.. günü, kim bilir hangi mutlu kehanetten cesaretlenerek, erken kalktım. Saint-Denis pazarına doğru yürüdüğümde, İsamla karşılaştım. İşte Paul, andan sonrasını anlatırken, yargıçlar için uydurduklarım ile maceramın gayriresmî öyküsü arasında gidip gelmem gerekecek. Ne de olsa, her iki anlatım kafamda zamanla karışıyor. Her şeyden önce, pazara giderken karşı konulmaz bir güç tarafından yönetildiğimi söylesem, yalan söylemiş olurdum. Oysa gözaltındayken çalıştığım ve sorgu yargıcına sunduğum açıklama böyleydi; yaptıklarımdan sorumlu tutulamayaca-

ğımı bildiren uzmanı bunu söyledikten sonra görevlendirdi zaten. Hayır, pazardan ayrılmak üzereyken, Miguel'in bakışlarıyla karşılaştım. Dürüst olmak gerekirse, adam İsa kadar güzeldi. Çok açık renk gözleri, çökük avurtları, omuzları hizasında uzun ve bukleli saçların çevrelediği kadidi çıkmış bir yüzü vardı. Üzerine sadece kılsız göğsünü gösteren uzun bir keten gömlekle, dizlerine kadar kıvrılmış bir pantolon giymişti. Tanrı'nın Oğlu'na benzerliği orada bitiyordu. Gerisi, yani kısa boyu, soluk teni, titrek elleri ve kollarını kaplayan dövmeleri, İsa Peygamber denildiğinde insanların gözünün önüne gelenle pek uyuşmuyordu tabiî. Tezgâhına, iki sehpanın üzerine yerleştirilmiş ve üstü kitap sandıklarıyla dolu kalasa yaklaştım. Orada casusluk romanlarından, Agahta Christie kitaplarından ilk San Antonio'lardan ve birkaç erotik ciltten başka bir şey yoktu. Birkaç dinî eserin de aynı tezgâhı paylaştığını görünce, Süleyman Peygamber Tapınağı'nın tüccarlarının karşısındaki İsa gibi, tezgâhı yere devirmekte tereddüt etmeyecek annemi hatırladım. Birkaç saniye oyalanıp, göz ucuyla Miguel'i süzdüm. Bakışlarımız bir kez daha karşılaştı, ilgisini çekememeye daha fazla dayanamayarak oradan uzaklaşıp bir birahanenin terasına yerleşmeye ve sek beyazımı yudumlarken onu istediğim gibi gözetlemeye karar verdim. Sakın şaşırmayın, Paul, o adamı istiyordum. Terk edilmiş kadın onurumu temizlemek için içime girecek olan oydu, bundan kesinlikle emindim üstelik. Beni doğru yola sokacak olan genç tanrı buydu işte.

Aslında nasıl karşılaştığımızı soran yargıca anlattıklarım yalan değildi. Miguel'de İnsanlığın kurtuluşu için *çilesi*'ni tamamlamaya yeniden dünyaya dönen Tanrı'nın Oğlu'nun dirilişini gördüğümü anlattım. Gerçekteyse, Miguel benim kurtarıcım ve tek tanrımdı, *tutku*'yu[13] bana yaşatması için, onu kurban etmem gerektiğini hemen anladım. En az altı beyaz içerek geçen süre boyunca, genç ilahın tereddütlerini yenmek için şeytanca bir plan hazırladım. Eğer deyimimi bağışlarsanız, bana İsa'nın zaafını gösteren, bir vahiydi. Sayısız gece gezintim sırasında, bir sürü uyuşturucu bağımlısıyla karşılaşma fırsatı buldum. Hiç kuşku yok, Miguel de onlardandı. Kansız yüzünü, çökmüş avurtlarını ve bağımlılığını ele veren tedirginliğini görmüştüm. Gömleğinin kollarını sıvamamıştı, zaten hava da sıvamasına izin vermezdi, ama böyle bir fanteziye kapılmış olsaydı, dirseğinin iç tarafında şaşmaz izler göreceğimizden eminim. Onu kendini bana satmaya razı etmenin yo-

13. *Passion* kelimesi Fransızca'da hem İsa Peygamber'le ilgili olarak "çile"; hem de "tutku" karşılığı kullanılır. (ç.n.)

lu, paraydı. Tezgâhın başına döndüm, iki üç dinî eseri inceledim ve mistik teoloji konusunda bir araştırmayı seçtim. Eserlerinin kalitesinden ötürü Miguel'i kutladım. Söylediklerimden hoşlanmış gibiydi, fiyatların iç kapaklarda yazılı olduğunu söyledi. Cüzdanımı göstere göstere açtım, ellilik ve yüzlüklerden bir deste çıkardım, içlerinden bir Quentin de la Tour çekerek Miguel'e uzattım, üstünün kalmasını söyledim. Benim için bu kitapların paha biçilmez olduğunu, Allah'tan paramı saymak zorunda bulunmadığımı ekledim. Miguel başını sallayarak teşekkür etti, banknotu hemen pantolonunun cebine sıkıştırdı. Saat tam yedi ya da sekizde Miguel'i Aubervilliers'deki L'Or du Temps Kitabevi'nde gördüm. Her seferinde yanından bana önerdiği pahalı dinî kitaplarla ayrılıyor, uzmanca öğütlerine teşekkür için de ona cömert bahşişler bırakıyordum. Miguel giderek daha geveze oldu, böylelikle sahipsiz bir kulübeyi onun gibi talihsiz arkadaşlarla paylaştığını öğrendim. Yanına her gittiğimde yüzümde beliren rahatsızlığı fark ettirmekle birlikte, rahatsızlığın nedenini öğrenememesine karar vermiştim. İtiraf edemediğim nedenler mi? Tahmin etmişsinizdir. Beni sevmesi, yani etimi sevmesi, sadece beni sevmesi için bu adamı istiyordum. İnsan elli yaşını geçmiş, ama hâlâ bakireyse, biraz kıskanç olma, sahiplenme hakkı kazanır. Tutku dolu olmasa da en azından modası geçmiş bir romantizm ile bedenlerin dizginsiz birleşmesi karışımı güzel bir macera beklentisine de kapılabilir. Ona birazdan açıklamaya hazırlandığım, itirafı mümkün nedenlere gelince, Baba'nın çileyi yeniden yaşamak ve insanları kurtuluşa ulaştırmak için bu dünyaya dönmüş oğlunu onda gördüğümü söyleyecektim.

Onda İsa'nın dirilişini gördüğümü söylediğimde, Miguel'in tepkisi ne olabilirdi? İlk tepkisi yüzüme gülmek olacaktı, tabiî eğer tedbirli bir ölçülülükle kendini tutmaya, insanı isyan ettirecek kadar zengin sandığı yaşlı bir çılgını kızdırmamaya karar vermemişse. O zaman, konuşmasına fırsat vermemem ve onu sersemletene kadar konuşmam gerekecekti. Ona Cebrail'in rüyamda bana göründüğünü, Tanrı'nın Oğlu'nun insanları Kıyamet gününden önce tanrısal yargıdan kurtarmak için yakında geleceğini muştuladığını anlatacaktım.

Miguel'e Ourcq Kanalı boyunca bana biraz eşlik etmesini söylemek için, sembolik bir biçimde karnavalın son gününü seçtim. Oldukça iyi rol keserim, yarım saat boyunca karşısında, vahiy gelmiş insanı oynamakta hiç zorlanmadım. Titrek bir sesle konuştum, bakışlarım sanki halüsinasyon görüyormuşum gibiydi, sözlerim tutarsızdı. Cebrail'in görünüvermesine ve onun hatlarıyla İsa'nınkiler arasındaki şaşılacak benzerliğe değindiğimde, Miguel sadece gülümsemekle yetindi. Mantıksızca konuşmamdan, konuşma boyu yumurtladığım Latince deyişlerden hiç etkilenmedi. İşte o zaman, planımın işe yaradığını düşünmeye başladım. Düşümün içeriğini ayrıntılarıyla anlatmaya koyuldum: sapık eğilimlerimin günahından arınmak için öğlesonrası boyunca dairemin zeminine, kollarımı istavroz biçiminde açmış uzanırken uyumuştum. İşte Cebrail de düşümde o zaman görünmüş ve Kıyamet gününün yaklaştığını, Baba'nın Oğlu'nun yakında yeryüzüne dönüp, çileyi yeniden yaşayacağını açıklamıştı. Miguel tek kelime etmedi. Gözünde tuhaf bir ışıkla bana döndü. Vazgeçmemesi için yalvardım. İlk müridi, hizmetkârlarının en sadığı olacağıma, ilahî misyonunda ona yardım edebilmek için alaylara, öfkelere ya da ihanetlere göğüs gereceğime yemin ettim. Gözlerinde art arda şaşkınlığı, üzüntüyü ve heyecanı gördüm. Sonra da, çok daha kabaca, böylesi karmaşık koşullardan elde edebileceği kazancı. Koluna girdim ve artık hiç kuşku kalmadığını, seçilmiş biri olduğunu ve alnına zenginliğe, güce ve üne boğulmak yazıldığını tekrarladım. Bir saatlik açıklamalarımdan sonra, Miguel kılı bile kıpırdamadan, "Öyle olsun, seni duydum, ama bu iş kolay olmayacak, ben yoksulum, meteliğim yok ve gücümün beni terk edeceğinden, misyonumu tamamlamamı önleyeceğinden korkuyorum" dedi. Sarsılmaz desteğimi vaat ettim, avucuna yüz franklık banknotlar sıkıştırarak yoksulluk endişelerini yatıştırdım.

Miguel'in bana döneceğinden emindim. Ona seçilmiş olduğunu açıkladığımda, kolunu dirseği hizasından tutmaya özen gösterdim, dudaklarının acıyla kıvrılmasını izledim; bu adam damarlarına eroin şırınga ediyor, bu yüzden de büyük bir para sıkıntısı çekiyordu. Renksiz ve tekdüze yaşantısını tahmin edebiliyor, ona para, güç ve ün sunuyordum. İki gün sonra yanına gittiğimde beni bariz bir sevinçle karşıladı ve çok güzel bir kitap hediye etti. Yakındaki bir birahanede hemcinslerimizi ilahî yasalardan yüz çevirmeye zorlayan her çeşit aşırılığı ciddi ciddi tartıştık. İnsanı alçaltan ve ruhu vücudun kölesi eden cinsel hazları, şehveti büyük bir kararlılıkla yerin dibine batırdım: *Nescitis quoniam corpora vestra membra sunt Christi?... Membra vestra templum sunt Spiritus Sancti*[14]. İsam başını salladı. Bu konuşma sayesinde dinî bilgilerinin mütevazılığını, onu kolaylıkla yönlendirebile-

14. "Bilmez misiniz ki bedenleriniz Mesihin azasıdır?" "... bedeniniz (...) Ruhülkudüsün mabedidir." (Yeni Ahit, 1. Korintoslulara 6:15; 6:19). (ç.n.)

ceğimi anlamıştım. İyi yüreklilikle, bugünden yarına İsa, hatta günün azizi rolüne soyunmanın pek kolay almadığını kabul ettim ve ona her efendimiz dediğimde, yerinden sıçradığını içimde bir şeyler hissederek izledim.

Üç ay boyunca, başkentin sıcak mekânlarına uğramamaya çalıştım, İsamın bazı mantıklı sözleri heyecanımı dindirdiğinden değil, gece gündüz ellerimle biçimlendirdiğim adamın vücudunun sıcaklığını, sakalının sertliğini ve gücünü düşündüğümden. O dönemde, daha sık görüşmeye başladık, Miguel işini bitirdiğinde, La Courneuve'deki daireme gelme âdeti edindi. Sağlık durumuna üzülüyordum. Kolları benimkiler kadar cılızdı, hemen hemen her zaman genişlemiş duran gözbebekleri de ne denli bağımlı olduğunu belli ediyordu. Bir an evvel maceramızın sonuna gelmemiz gerektiğini düşünerek, sürekli böbürlendiği mucizelerin kanıtlarını göstermesini söyledim. Doğuştan kör olduğunu iddia ettiği, eşyalara çarpıp duran uyuşturucu bağımlısı arkadaşını evime bu yüzden getirdi. Herifi yatağımın üzerine oturttu, ellerini başının üzerine koyarak bir dua okudu. Duanın etkisi gecikmedi. Beriki ışığı gördüğünde sevinçle haykırdı, bütün geceyi Yeni Ahdi okuyarak geçirdi. Miguel'deki dikkat çekici gelişmeyi hatırı sayılır bir meblağla ödüllendirdim. Arkadaşına nasıl teşekkür ettiğini düşünmek bile istemiyorum, ama zavallının iki gün sonra bir binanın bodrum katında, aşırı dozdan öldüğünü duydum. Miguel'den arkadaşını diriltmesini istemedimse, bunun tek nedeni utanmamdı. İnsanları doğru yola döndürmeye gelince, Miguel her türlü beklentinin ötesinde bir başarı gösterdi, garsoniyerimi işgal eden, efendimizin izinden gittiklerini iddia eden müritlerinin sayısı gün geçtikçe arttı. İçlerinden bazıları mucize gerçekleştireceklerini bile iddia etti; İncil'den hatırlayabildiğim kadarıyla hiçbir havarinin efendimizden aşırmalarda bulunmaya cüret etmediğini belirterek Miguel'den durumu düzene sokmasını istedim, evimin bir el çabukluğu gösterisine sahne olmasını istemediğimi ekledim.

Nisan başında, Miguel'in durumu daha da bozuldu. Bir mucize olmazsa, durumunun bana hizmete izin vermeyeceğinden ürkmeye başladım. Ay sonuna doğru, durumunu kıskanan müritlerinin Miguel'i aralarından kovduklarını duydum. Kısacası, gelip evime yerleşti. Ona hâlâ ilk günkü hayranlığı, ilk günkü heyecanı göstermeyi sürdürdüm, efendimiz diye hitap edip, bileklerini öptüm, ayaklarını sildim. Ben ona "siz" derken, bana "sen" diye hitap etmesinde ısrar ettim, bu harika bendelikten tarif edilemez bir keyif alıyordum. Neşeli vaazlarını huşu içinde dinliyor, salakça benzetmeleri karşısında kendimden geçiyor, en ufak hareketini bile kutsuyordum. İki büklüm, hizmet ediyor, yatağımı ona verip, yere serilmiş döşeğin sertliğini yeğliyordum. Kısa süre sonra gücü tümüyle tükendi, verdiğim parayla ona eroin sağlayan da Pierre adını vererek kutsadığını sandığı müritlerinden biriydi. İsam gün geçtikçe çökerken, ben güç kazanıyordum, kalçalarım sıkılaşıyor, göğüslerim doluyordu. Ayna karşısında kendimi seyrettiğimi fark ediyordum. Bunca yatırımın karşılığını alma zamanımın geldiğini düşündüm. Bir akşam, üzerimde ince bir gecelik, Miguel'in yanına gittim. Uykusunda rahatsız ettiğim için özür üzerine özür diledim, kurtuluşumu tehlikeye atmamak adına bazı ölümcül günahlarımı çıkarma izni istedim ondan. Miguel doğruldu ve yaklaşmamı işaret etti. Önünde diz çöktüm, alnım karnının hizasındaydı, bakışlarının dekoltemin derinliklerinde kaybolduğunu hissettim.

'Tanrım, aşağılık oluşumu bağışla' diye başladım ellerimi kavuşturarak, 'Şehvet günahı işledim, evlilik dışı teni tatmak istedim ve kendimi cinsellik uçurumuna bıraktım; düşlerim ve hareketlerim en aşağılık şeylere yöneldi.' Miguel birden günah çıkarmamla yakından ilgilenmeye başladı, ellerimi ellerinin arasına alarak dizlerinin üzerine koydu ve günahlarımın sayısını ve cinsini anlatmamı istedi. Gözlerim yaşlı, daha küçücük bir çocukken seksenlik papazın yanında duyduğum heyecandan, kuzen Benoît'dan ve pörsük bacak arasından, eşcinsel postacıdan bahsettim. Sonra annemin ölümüyle pençesine düştüğüm sefahatten dem vurup, o küçücük Alman'la, kundak bezli öğrenciyle ve o çok sarhoş ötekiyle karşılaşmalarımı anlattım. Bekâretimden ve samimi pişmanlığımdan emin olması gerektiğini söyledim. Günahlarımın bağışlanması için yalvarırken Maria Magdalena'dan, İsa'nın taşlanmaktan kurtardığı fahişenin vücudundan bahsetme cesaretini buldum. Genç ilahıma kan kardeşim Aziz Antonios'un yaşadığı arzulardan da beter, gerçek bir işkence uyguluyordum. Miguel alnı terleyerek, elleri titreyerek İncil'deki fahişeye ne yapıldığını sordu. Ona sunduğum küfürvari yorumun cehennemde maalesef sonsuz azap çekmeme mal olacağını biliyorum, yine de kılım bile kıpırdamadan İsa'nın Maria Magdalena'nın günahlarını bağışlamak için kadını onunla sevişmeye zorladığını anlattım. Miguel muhteşemdi, ona öğrettiğim kutsal cümleyi tam da zamanında hatırlayıp, 'çünkü kılıçla öldürenin kılıçla öleceği denildi' dedi. Sonra geceliğimi parçalayıp beni hırsla kendine çekti. Günahlarımdan arınmam saatler sürdü, ama hiçbir ceza bana bu denli sağaltıcı ve coşku verici gelmedi. Allak bullak etmedi."

10 ekim cumartesi

Anlaşılmaz bir ölüm akademiyi yeniden yasa boğdu. Bu cinayetin, yargılanacağı güne kadar masum kabul edilen failini tanımıyor olsaydım, diğer bütün arkadaşlarım gibi yirmi dört saat boyunca odama hapsedilmeye kolayca uyum sağlamam mümkündü. Her ne kadar odalarımızdan ayrılmamızın yasaklanması, her şeyden önce bizim güvenliğimiz açısından kararlaştırmış olsa da, Ceza Yasası'ndaki hükümler uyarınca, bir cinayet vukuunda herkesin gözaltına alınmasının gerektiğini de unutmamalıyız.

Bize Lucette Guignon'un ölümünü bildirme görevi bir kez daha okul müdürüne düştü. Konferansın sürdüğü kırk beş dakika boyunca, müdür onu köşeye sıkıştıran sorularımızı cevaplamaya çabaladı, bazılarını da soruşturmanın gizliliği bahanesiyle cevaplamadı. Böylesine bir cüret karşısında şaşkına dönen dinleyici kalabalığının önünde, yönettiği kurumda bir köstebeğin varlığını açıklamak zorunda kaldı zavallı adam. Güvensizliğin bedelini bunca ağır ödemesine, neredeyse sevinecektik. Lucette Guignon'un ölümünün, iki –Monesto'nun sevgilisini boğduğu henüz kesinlikle kanıtlanamadığına göre, muhtemelen üç– cinayetlik bir serini devamı olduğunu duyduğumuzda sarsıldık. Müdür ancak üst mercilere danıştıktan sonra, hepimizi gözaltında bulundurma talimatı aldığını da açıklamak zorunda da kaldı. Eğer haberler böylesine üzücü olmasaydı, bu açıklamanın aramızda genel bir sevince yol açacağı kesindi. Oysa müdürün sözleri sadece, yasada öngörüldüğü gibi ailelerimize haber verebilecek miyiz, gözaltının yirminci saatinde avukat bulundurabilecek miyiz, gibi birtakım yararcı sorulara yol açtı.

Müdürün söylevi biter bitmez, Teftiş Kurulu yetkilileri ve beraberlerindeki adlî polis tarafından sorgulanmayı beklemek üzere, odalarımıza dönmemiz söylendi. Maalesef odalarımız tepeden tırnağa arandı; günlüğümü bir süreliğine Clermont d'Oise'daki psikiyatri kliniğinin bahçesine saklama akıllılığını gösterdiğim için kendimi kutluyorum. Odamın ününü pekiştiren içkilere gelince, onlardan bu denli çabuk kurtulmanın yolunu bulamamıştım.

Kuzey Garı'nın peronlarındaki alışılmış kimlik denetimlerinden dün akşam cebimdeki üç renkli kart sayesinde kurtuldum. Bununla yetinilmeyip üstüm aransaydı, polis memuru, ceketimin iç cebinde, projemi gerçekleştirmek için birkaç günden beri taşıdığım on iki gram saf eroini bulsaydı, epey şaşıracaktı. Bir birahanede buluştuğum Francis ve Rodolphe üzerimin aranabilecek olmasına pek sevinmediler. Rodolphe, yüzü bembeyaz, boynuzluya benzemek yerine bir serserinin yüzüne sahip olmanın daha iyi olduğunu söyledi sadece. Francis bu konuya girmememi işaret edince, hep birlikte arabaya döndük. Austin'in arka koltuğuna yerleştim ve zımbalı defterimin yapraklarına Bayan Canchale'le ikinci buluşmamın notlarını yazmaya koyuldum. İki saatlik yolun sonunda Rodolphe, Francis'ten ilk mola yerinde biraz durmasını istedi. Birkaç dakika sonra durduğumuzda, mola yerindeki benzinciye girdi, koltuğunun altında bir ilkyardım çantasıyla çıktı. Otomobile binip, çantadan çıkardığı yara bandını dikkatle alyansının üzerine yapıştırdı. Ondan sonra da bizlere, uzun uzun konuştuğu Corinne'in artık duygularından pek emin olmadığını söylediğini anlattı. Bu yüzden, tıpkı aşkı gibi daralan alyansından kurtulmakta zorlanacağından alyansını parmağından çıkarmak istememiş, sadece eşinin dönüşünü beklerken, sembolik de olsa, görünmez kılmaya karar vermişti.

Geceyarısından az önce okula vardığımızda, Francis son bir kadeh içmeyi önerdi. Rodolphe kabul etti, bense, yazmakta zaten çok geciktiğim incelememde bana yardım vaat eden Oscar'la buluşmam gerektiğini öne sürerek yanlarından ayrıldım. Arkadaşlarımı baş başa bırakarak, Lucette Guignon'un kapısını tıklatmaya gittim. Kentte oturduğunu düşündüğümden, kapısını çalarken onu orada bulacağımı pek ummuyordum. Yataktan kalktığını, sarsak adımlarla kapıya doğru yürüdüğünü duyduğumda, çok şaşırdım.

Bizden olduğu düşüncesine inandırıcılık katmak için onu bizlerle kalmaya iten derin meslekî bilincin genç kadının sonunu çabuklaştırdığını düşündükçe üzüntüden kahroluyorum. Oscar'ın suçluluğu konusundaki kuşkularının güçlenmesi için, ona iki ya da üç gün mühlet tanımayı kararlaştırmışken, bu geç saatte burada bulunmasını fırsat bilip, alın yazılarımızı tamamlamam gerekti. Kapıyı açtığında, içeriğini hatırlamakta zorlandığım, beni içeriye aldığına göre de ikna edici bulduğu, belli belirsiz bir şeyler geveledim. Aklımı hızla başıma topladım ve önceden en ufak bir strateji geliştirmemiş olmama rağmen, buradaki varlığıyla ilgili bazı kuşkularım olduğunu söyleyerek, onu hazırlıksız yakalamaya çalıştım.

Bir an dengesini yitirmiş göründü, sonra çabuk toparlanıp, bir şaşkınlık maskesi takındı sordu: neler oluyordu, Tanrı aşkına, bu gece de Château-Eychennes'i fazla mı kaçırmıştım.

"Nasıl istersen" dedim, "tabancanı, kelepçelerini ve adlî polis müfettişi kimliğini bulmak için odanı arayacak değilim, ama eğer bizi ispiyonladığının yarın sabah herkesçe bilinmesini istiyorsan, beni kapının önüne korsun, bir daha da bu konudan bahsetmeyiz. Ve eğer yarın sabah bahçenin şurasına burasına serpiştirilmiş ceset parçaları bulunursa, bunun tek sorumlusu sensin, tamam mı?"

Maskesi düşmüş, uykusundan kabaca uyandırılmıştı; Lucette'in kendine güveninin yerinde yeller esiyordu:

"Anlaştık, Paul" dedi esnemesini bastırmaya çalışarak "sızma konusunda usta olmadığımı varsayalım. Hadi bana neyin yarını beklemeyecek kadar önemli olduğunu bir anlat.

Bu, ifade edebildiği son istekti. Hemen bıçağımı çıkarıp, o güzel göğsüne saplamadımsa da daha sonraki dakikalarda aklını başına toplayamaması ve uykulu halinin devam etmesi için elimden geleni yaptım. Sözü tekelime aldım, kesik kesik konuşarak açıklamalarda bulundum. Akıllılık edip sözümü kesse, sakinleşmem için yatağına oturup soluklanmamı istese, belki de tuzağın kokusunu alırdı. Akıl edemedi. Hep kesik cümlelerle, özet olarak Valoutte'un okuldan ayrılmadığını bildiğimi, aşırı dozdan ölürken yanında kimin olduğunu öğrendiğimi söyledim. Çok içtiğimiz bir akşam, Oscar'ın ondan faydalanmak için Valoutte'a eroin sağladığını itiraf ettiğini anlattım. Lucette söze girmeye çok istekliydi, ama susmasını işaret ettim:

"Beni dinle. Biraz önce merdivenlerde Oscar'a rastladım. Maskesinin düştüğünü biliyor ve yarın sabahtan tezi yok, buradan kaçmayı düşünüyor. Onun için, öğüdümü dinle ve Cinayet Masası'ndaki yetkiliye telefon et. Hemen buraya gelip Oscar'ı tutuklamalarını söyle, onlar yoldayken de sana Oscar'ın kalan eroini nereye sakladığını gösteririm. Haydi, Lucette, şu telefonu et. Onlara sadece suçluyu bulduğunu, duvarları sigara kâğıdı inceliğinde bir odada bulunduğundan namussuzu uyandırmamak için suçlunun adını telefonda söyleyemeyeceğini anlat. Dinle, senden sadece on dakikalığına beni üç ay sonra elde edeceğim komiser rütbesinde görmeni ve üstünün önerisini iyi niyetle dinlemeni istiyorum!

Hâlâ heyecanının etkisinde olan Lucette'in numarayı doğru tuşlaması için üç kez denemesi gerekti, ama Cinayet Masası'ndaki nöbetçi ahizeyi kaldırdığında, verdiğim talimata uydu, ne Oscar'ın ne de mucizevî muhbirinin adını vermedi. Orada bulduğum bir kâğıdın üzerine, Oscar'ın adını, verdiğim doğum tarihi ile birtakım özelliklerini hiç düşünmeden, bir robot gibi yazdı.

Lucette tabiî benimle bahçeye geldi. Olabildiğince az ses çıkarmasını ve eğer birileriyle karşılaşırsak saklanmasını söylemiştim. Kimseyi görmedik. Üçüncü çamın hizasına geldiğimizde, tam da *Psychiaville*'in uyuşturucu satıcısının cesedinin bulunması gereken yerde, bir bıçak darbesiyle Lucette'in şahdamarını kestiğimi görecek kimse yoktu. Lucette acı çekmedi ya da çok az çekti. Parlak bir biçimde sonuçlandırılacak soruşturmanın sevinciyle öldü. Çimenlerin üzerine yığıldığında, on iki gram saf eroin dolu torbacığı eline sıkıştırdım. Hızla Lucette'in odasına çıktım, yazdırdığım notları aldım ve karanlıkta odama döndüm. Birkaç dakika sonra, gıcırdayan lastiklerin ve çarpılan kapıların sesi bana kadar ulaşıyordu.

Bu sabah, bir sürü risk almama neden olan dünkü acelemden dolayı kendimi suçluyorum. Ne var ki, bir şeyi riske atmayan, hiçbir şey elde edemiyor, üstelik vardığım sonuç da muhteşem. Yinelenen, planlı ve eğlence cinayeti denemesinin tam ortasındayım. Lucette'in ölümü bu çerçevenin içine kusursuzca oturduğundan, cinayetin yararsız olmayacağından eminim. Açıklama açısından, sizleri ekteki çalışmaya bakmaya davet ediyorum. Gözaltında olduğumu bildirmek için her an gelebilecek, Lucette'in meslektaşı polisleri beklediğimden, günlüğüme burada ara vermek zorundayım!

10 ekim cumartesi, 18:30

Lyon Cinayet Masası'nın müfettişleri Ceza Usulleri Yasası'nın 64. maddesinin 1'den 4'e fıkraları gereğince odalarımıza gelip, gözaltında bulunduğumuzu tebliğ ettiler. Yazılı metinler uyarınca, bir doktor ya da avukat isteyip istemediğimizi sordular. Aynı zamanda gözaltına alındığımızı ailelerimize bildirmemizi önerdilerse de aramızdan pek azının bu öneriyi uyguladığını düşünüyorum.

Odalarımızın sekiz metrekaresine tıkılıp kalmak, ne nedenle olursa olsun, odadan çıkamamak zorunda da olsak, yine de adi suçlulara oranla çok daha iyi durumdayız. Düşünürsek, okuyabildiğimiz, televizyon izleyebildiğimiz ya da Lucette Guignon'un anısına kadeh kaldırabildiğimiz için epey torpilli olduğumuz bir gerçek. Aralarından ünlü çanak yalayıcılarının da bulunduğu bir sürü insanın böylesi imkânlara sahip olduğum için şu anda bana gıpta ettiklerinden eminim. Kaldı ki aramaya başladığında, yatağımın altında bunları bulacak müfettişin bana yönelteceği şaşkınlık dolu bakışlardan da korkuyorum. Fransa'nın kurtuluşu sırasında bunun üçte biri için kurşuna dizileceğimi düşünerek, biraz sonraki onursuzluğun tesellisini buluyor ve ne olursa olsun suçlayıcı kanıt olarak adlandırılamayacak bu güzel şişelere el koymanın ötesinde bir zarar veremeyecek oluşuyla avunuyorum.

Gariptir, bize tanınan ayrıcalıklar arasında telefon etmek de var. Doğru, dış hatlar kesik, ama yine de odaları birbirlerine bağlayan iç hatla birbirimizle konuşmamız mümkün. Üzülen, bu sınırsız maskaralıktan hiçbir şey anlamayan, unutulmaz ve görülmemiş bir isyana teşvik için öteki öğrencilerin yanına gitmek üzere telefonu hızla kapatan Francis'le bu şekilde konuştum. Francis'i iyi tanır, telefonlarımızın dinlendiğini ve bütün söylediklerimizin bizlere karşı kullanılabileceğini anlamışken projesini uygulamaya koymayacak kadar tedbirli olduğunu bilirim.

Laetitia ise temkinlilik nedir bilmiyor; bir saat boyunca konuşarak öylesine bir teşhircilik örneği sergiledik ki, suç ortağım Bayan Canchale'in bile hoşuna giderdi. Konuşmaları dinlemekle görevli meraklı memurun yüzündeki heyecanı düşünüp keyifleniyor, bu akşamki fazla mesaisinin, her zamanki gibi onları perhize zorlamanın tam tersine, karısının da hoşuna gideceğini tahmin ediyorum. Laetitia, Minguettes'in üç katını boydan boya kat eden bordürden odama, yanıma gelmeyi önerdi. Bize dayatılan hapis cezasının üçüncü bacağımı da budadığını söyleyerek fikrinden vaz geçirmeye çalıştım ve bana vaat ettiği gecenin ayrıntılarını hemen açıklamazsa, erkekliğimin sakat kalacağını anlattım. Laetitia giyeceği giysiyi anlatmada, kulağıma fısıldayacağı tatlı sözcükleri söylemede, uygulayacağı edepsiz pozisyonları tarif etmede ondan hiç beklemediğim bir beceri gösterdi. Bordüre basarak boynunu kırma tehlikesi yaşayacağını, müdürün de dördüncü bir ölümden sonra artık hayatta kalamayacağını söyleyerek, önerisini cesaretle reddettim. Yine de onunla birkaç gün geçirmenin burnumda tüttüğünü eklemeden edemedim.

İnanın, bu öğlen Oscar'ı ortadan kaldırmak zorunda olmak beni son derece üzüyordu; yoksa o akşam onu *Psychiaville*'de tasarlandığı gibi intihara zorlamak için içimde en ufak bir heves yoktu. Bu yeni eylem bana ne kazandıracaktı? Benimkine bitişik odasına gitmek için bordüre çıktığımda gözlerimin kararması, yaşamına son verme zamanının çoktan geldiğini kabul ettirmede biraz güçlük, amacıma ulaştığımda da pek az bir mutluluk. O zaman, bu koşullarda katılımcı etnolojiden ve adam öldürme düşüncesinin bilimsel deneyinden söz edilemeyeceğine göre, planlı cinayet konusundaki önceki tecrübelerimle yetinip, doğrudan nedensiz cinayete dönmenin daha doğru olabileceğini düşünmeye başladım.

Beni sorgulamakla yükümlü polislerin Oscar'ın bu işten sıyrılmasını nasıl engellediklerini dikkatlerinize sunmak istiyorum. Özellikle de, soruşturmamı güçlükle tamamlayan Müfettiş Proudhon'u sorumlu tutmak istiyorum. Adlî polis, Saint-Cyr'de gerçekleşen ölümlerdeki özel koşullar ile Bayan Kerbach'tan miras kalan senaryo arasında hiçbir paralellik kurmayarak beni büyük bir şaşkınlığa düşürdü. Müfettişler, çarçabuk gerçekleştirdikleri hızlı sorguları sırasında Bayan Kerbach'ın psikolojiye yaklaşımının ilginçliğiyle ilgili düşüncemi öğrenmeye çalışmadılar. Aynı şekilde, odamı ararken Château-Eychennes stokumu görünce, aşağılayıcı bakışlarla karışık bir şaşkınlık gösterdilerse de, senaryonun bana ait biçimini okuma zahmetine girmediler. Soruları sadece uyuşturucuyla ilgili duygularım ve bu dürtüye karşı tavrımla sınırlıydı. Kendimi kahramanca savunmuş olsam da, Müfettiş Proudhon işi yine de cam bir tüpe işememi istemeye kadar vardırdı, sonra da odaya son derecede aşağılık bir hayvan sokarak çılgın bir şekilde yazı masamı, yatağımı ve elbise dolabımı koklattı. Proudhon'un bazı arkadaşlarımın benim kadar talihli olmadığını açıklama biçiminden genç komiserlerin emrinde çalışmaktan duyduğu mutluluğu ve özellikle de müfettişlerin Valoutte ve Lucette'in ölümlerini uyuşturucu ticareti çerçevesinde değerlendirmede geri adım atmayacaklarını anlama fırsatı buldum. Müfettişler, odamdan ayrılmak üzereyken, mutlu son olursa kendime vaat ettiğim, bir şişe Château-Eychennes teklif ettim. Proudhon, Joxe Yasası'nın polis karakolları ve benzeri mekânlarda alkol tüketimini yasakladığını hatırlatarak, tüm gücüyle ikramıma direndi. Bu fedakârlığını, gereken saygıyla selamladım. Kapıyı vurarak çıkarken, neredeyse hayvanını da ortadan ikiye bölecekti.

10 ekim cumartesi, 22:00

Sonuçta, Oscar'ın başucuna gitmeden önce, bir buçuk saat sabrettim. Bacağımı pencerenin üzerinden aşırmakta ve odamdan en iyi dostumunkine giden birkaç metrelik parapeti aşmakta büyük güçlük çektim. Zavallı uyukluyordu; penceresi aralıktı, elinin yetişeceği uzaklıkta bir sürahi dolusu su vardı. Bir hamlede, yatağında, sıska vücudunun üzerinde ata biner gibi buldum kendimi. Sıçrayarak uyandığında, susmasını işaret ettim. Kendini savunmaya kalktığını, haykırmaya hazırlandığını görünce, elimin tersiyle şiddetle vurmaktan başka çarem kalmadı, vuruşumla nakavt oluverdi.

Kabul etmeliyim ki, Oscar'ı öldürmeye hazırlanırken yaşayacağım mutluluğu azımsamakla yanılmışım. Aslında bu, her seferinde yenilenen bir zevk. Tamam, burjuvaca bir zevk, ama herkese cinayet olayının analizini ve sentezini yapma görevi verilmediğinin de farkındayım. Yine de, Pauvert'in, Réage'ın ve Loüys'ün yazdıkları üzerine karşılaştırmalı bir araştırma yapacakların, çalışma konularından biraz keyif almalarının da yasak olmadığını sanıyorum... Eğer kendimde kıyaslama yapacak cesareti bulsam, birinci cinayetimde, psikoloğu öldürürken, coşkulu bir uyanışla karşılaştırılabilecek, kısa fakat yoğun bir zevk yaşadığımı söyleyebilirim. Uzunca bir zamandan beri, güzel bir cinayetin düşünü görüyor ve bu düşünceyle Egon Schiele'nin bir röprodüksiyonu karşısında otuzbir çeken bir lise öğrencisi gibi sarhoşluğa kapılıyordum. Sonra da kader, beklentilerini karşılayabilecek seviyede mi, değil mi merak eden tecrübeli bir kadının karşısına solgun ve titrek çıkan bakir bir erkek gibi, kendimi Kerbach'ın önünde bulmamı sağladı. Tecrübesizliğimi kabul etmek zorunda kalma korkusuyla, büyük bir coşkuyla üzerine atıldım, sevişmemiz sert oldu. O kendinden geçmişken, uzun uzun seyrettim, yanından ayrılırken erken boşalmış olsam da içimde övgüye değer bir erkeklik gücü göstermiş olmanın tatmini vardı.

Valoutte'la bir gediklinin sükûnet dolu güvenine sahiptim, bu yüzden oynaşmamız da uzun sürdü. Bir saatten daha fazla bir süre onunla oynadım, onu okşadım, birleşmemiz yavaş ve şehvetli oldu. Deneyimli bir sevgili olarak, her şeyden önce onun zevk almasını düşündüm. Dudaklarının arasına karşı konulmaz bir uyarıcı sıkıştırırken, orgazmın zirvelerine ulaşmasını istedim. Ve zevkten sarhoş bir biçimde yığıldığında, bu kez zevk alma sırası bana geldi, ertesi gün arkadaşlarının karşısında bürüneceği neşe dolu ifadeyi düşünerek doyuma ulaştım.

Sonra, parkta Lucette Guignon'un yanına vardığımda, daha da olgunlaşmıştım. Bu da bende yasal eşlerinin daimi baş ağrısı bahaneleriyle sürekli reddedilen ve bunun sonucunda, doğa da boşluktan nefret ettiği için, yeni heyecanlar peşine düşen yaşlı koca izlenimi uyandırdı. Lucette'i, umutsuz kocaların her şeyi yapmaya ve herkesle yatmaya hazır hizmetkârların yanında teselliyi aradığı eski güzel günlerdeki gibi biraz bayağıca, yatağından kaldırdım. Onu bir taraftan sıkıştırırken, bir taraftan da sadece sevişmeye hazır olanları etkileyecek vaatlerde bulundum. İnandı. Onu parka götürdüm, çünkü fantezilerim öyleydi. O, dudaklarında tebessüm, gelinliğini ve toplumda yükselmeyi düşlerken ona bıçağımın ucuyla, askerce sahip oldum. Bütün bunları eğlenceymiş gibi görmekten alamadım kendimi. Onu bitiren de bu oldu.

Oscar'a gelince, yanına karnımda bir korkuyla, günahkâr, iğrenç bir eyleme teslim olma duygusuyla gittim. Bir bakıma bu her türlü ölçünün dışında, kınanacak, görünürde eşcinsel bir tecrübeydi. Başarılmış hiçbir şey yoktu, sadece orman kenarında ya da otoyoldaki bir dinlenme alanında elle ulaşılmış bir doyum. Ama onu sağ elimin tersiyle susturduğumda, cesaretle farklılığımı, sapkınlığımı öne çıkardım, edepsizce itiraflarımla onu sersemlettim. Doğaya aykırı eğilimlerimden hiçbirini gizlemedim ve tıpkı dostum Bayan Canchale gibi, bundan tarifsiz bir zevk duydum. Düşündükçe, gerçek bir ırza geçme olduğuna inanıyorum. Bir hırsız gibi odasına girdikten sonra, vahşice vurarak onu sessizliğe mahkûm ettim. Sonra, baygınlığından yararlanarak ağzını kapadım, ellerini bağladım. Kendine gelene kadar, birkaç dakika sabrettim, sonra her şeyimi anlattım. İnanın, ona gerçek doğamı anlatarak –daha önce gerçekleştirdiğim cinayetlerin, psikoloğun, Valoutte'un ve Lucette'in öldürülmesinin ayrıntıları– o zavallıyı kandırıp, ince bir iple yavaş yavaş boğmaktan aldığım zevkten çok daha fazla zevk aldım. Dehşet içindeki gözleri, kasılmalarla titreyen vücudu, ölümün yakınlaştığından kuşku duymadığının anlaşıldığı bakışlarıyla doyuma ulaştım. Can çekişmekteyken, merhum Lucette'in elinden çıkan ve birkaç saniye sonra buruşturup başucuna bırakacağım, suçlayıcı notu göstermekten çekindim.

Sonra gümleyip gitmek üzere olduğunu hissederek, anne ve babasına her şeyi açıklayacağımı, kötü biri olmadığını, ama seri cinayetler konusunda okudukları yüzünden biraz kafayı yediğini anlatırken sakinleşmelerini sağlayacak kelimeleri bulacağımı vaat ettim.

12 ekim pazartesi

Laetitia dinleniyor, arabamın arka koltuğunda uyukluyor. Kaltak mahsus yapıyor sanki, ince kumaştan eteği neredeyse beline kadar sıyrılmış, koltuğun derisine yapışan kalçalarının saydamlığını gözlerimin önüne seriyor. Tanrım, nasıl oluyor da bu kadına karşı hiçbir arzu duymuyorum, birkaç dakikalığına da olsa direksiyonu bırakıp yanına uzanmak, ona sevgiyle sarılmak için içimde hiç istek yok? Birkaç gün önce, cinayetler ile cinsellik arasında düşünülmüş karşılaştırmanın anlamı ne? Bundan böyle arzularımı dindirmem, düşlerimi tatmin etmem için, öldürmek yeterli olacak mı? Yoksa beni her türlü fiziksel arzuya karşı duyarsız, her türlü şehvete yabancı kılan hâlâ Sophie'nin ölümü mü? Kendi kendime, kısa zamanda Laetitia'yla bu konuyu ciddi biçimde tartışmaya söz veriyorum. Tréport falezlerine gideriz, güneye doğru iki yüz metre yürür, sonra da ona Sophie'nin beni teselli edilemez hale getiren o ölümcül düşüşünün yerini gösteririm.

Bilmecenin anahtarını ele geçirdiğini, mantıksız davranışımın açıklamasını bulduğunu sanan okuyucunun kendinden memnun tebessümünü gözümün önüne getirebiliyorum. Paul de Dardanie'nin, umutsuzluğunun iyice su yüzüne çıktığı bir akşamüstü, nişanlısını tepeüstü falezden boşluğa ittiğini düşünüyorsunuz değil mi? Çünkü, diyorsunuz, cezasız kalmış o cinayet adamı öylesine sarstı ki, o günden beri, anlamını bulmak için, tekrarlayıp duruyor. Bu anlamı da, ancak cinayet dünyasında uzun bir yolculuk girişiminin nihayetinde yakalayabilecek. Yalvarırım, bana bir iyilik yapın ve bu günlüğü İngiliz soslu, sevimli bir polisiye olarak görmeyin. Eğer görenlerdenseniz, size yaptığım şu itirafa saygı duyun: günlüğü okumayı bırakın ve bilmece çözmeye başlayın. Yaptıkça göreceksiniz, çözümü tahmin edemediğinizde, endişeniz şaşırtıcı ölçüde hafif olacak.

Sophie'yi öldürmedim, size yemin ederim. Hatırası üzerine yemin ederim. Beş ya da altı metre ötesinde, ona bakarak duruyor, kendi kendime onu hayat boyu sevmek ne kadar tatlı olur, diye düşünüyordum. Düştüğünü görmedim, sadece çığlığını duydum. Üstelik, bu falezler Avrupa'nın en yükseği olmak gibi üne sahip, adım da gülünç bir biçimde kısayken, son nefesiyle "Paul" diye haykırmayı becerdi, o çığlık hâlâ kafamın içinde yankılanıyor.

Neyse, konudan uzaklaşıyorum. Ruhunu teslim etmeden önce, çok acı çeken dostum Oscar'a gelelim. Gırtlaklanan bir domuz yavrusu kadar böğüreceğinden korkmasaydım, ona layık gördüğüm bu son hakkındaki bazı itirazlarını dile getirmesi için, ağzındaki tıkacı seve seve çıkarırdım. Oysa kaçıran sidiktorbasıyla ve teriyle sırılsıklam zavallı, tüm vücudunu sarsan titremelerle öyle bir durumdaydı ki, herhangi bir kelime söyleyebilmesi mümkün görünmüyordu. Kaygılarını dindirmek için, yavaş yavaş ölürken onunla sakin sakin konuştum. Dudaklarımda güven verici bir tebessüm, gözlerimi gözlerine diktim ve üç, dört kere arka arkaya "Oscar, sakın korkma, seni sadece öldüreceğim" dedim. Zavallı çocuk dehşet içindeydi. Anlaşılan el alışkanlığım eksik, daha birçok şey öğrenmem gerektiği de apaçık, ama teselli edici sözleri bulma umudumu henüz yitirmedim. Daha da kötüsünü yaptım: daha önceden büküp, taşıyıcı putrellerden birine sıkıca bağladığım çarşafla adamcağızı asmadan evvel, pijamasının pantolonunu çıkardım. Sadece efsanenin doğru olup olmadığını görmek için. Hani asılan adamın tam da soluğu tıkandığı anda ereksiyon haline geçtiğini, son bir kibirle saçtığı tohumların yutanlara şans getireceğini iddia eden efsanenin. Her neyse, haberiniz olsun diye söyleyeyim, Oscar efsaneyi yalanladı, kuşkusuz biraz önceki şehvet ve yalnızlık dolu düşlerinden yorgun çıkan aleti sertleşmedi. Onu asılı halde bırakmadan önce, Lucette Guignon'un el yazısıyla aldığı notları yazı masasının üzerine, gözle görülecek bir yere bıraktım. Birkaç dakika düşündükten sonra, ne iplerini ne de tıkacını çözdüm, sadece bileklerinin çevresindeki düğümü gevşetmekle yetindim.

Benimkinin hemen yanındaki odada dinlenen cesedin sabahın erken saatlerinde bulunduğunu tahmin ediyorum. Müfettişler olabildiğince sessiz çalışmaya gayret ettiler, ama duvarlar öylesine ince ki, kulak kabartmama gerek bile kalmadan, araştırmalarındaki gelişmeleri, sanki canlı yayındaymış gibi izleyebildim. Duyabildiğim konuşmalara bakılırsa, Oscar'ın gecenin geç saatlerinde intihar ettiğine ikna olmuş gibiydiler. Sesini tanımakta zorlanmadığım Müfettiş Proudhon, Oscar'ın ellerini ve ayaklarını bağlamasının teslim olmaya hazırlandığını gösterdiğinin, ancak gözlerini örten bezden kendini ele verme cesaretini bulamayışının kolayca anlaşılacağını söyledi. Başka bir müfettiş de, bu bir cinayet olsaydı, cinayetine intihar süsü vermek isteyen katilin en azından kurbanının elleri ile ayaklarını çözme zahmetine katlanması gerektiğini ekledi. Adlî tıp uzmanının Oscar'ın o koşullarda kendini bağlamasının maddeten imkânsız olduğuna karar verebilmek için saatlerce uğraşması gerekeceğini düşünerek, birkaç boy önüne geçtiğim o memurun dikkat çekici yorumunu sessizce alkışladım. Ayak bileklerine düşmüş pijama pantolonuna gelince, soruşturmacılar bu konuda tek bir varsayım bile ileri sürmedi. Bu konuyu bana sormuş olsalardı, hiç tereddüt etmez, Oscar'ın aletini böylesine gözler önüne sermesi için kamışını çok güzel bulması gerektiğini söylerdim.

Birkaç dakika kadar sonra, müdür koşar adım geldi, "Allah kahretsin" diye haykırdı, ama Müfettiş Proudhon söze başlayınca, kendini hızla toparladı. Proudhon göğsünü şişirdi ve parlak beyinsel mesaisinin meyvelerini bir solukta anlattı. Müdür tatmin olmuşa benziyordu. Proudhon'dan çalışma masasının üzerindeki birkaç nottaki yazıyı ve yazıların altında görülen imzayı en kısa zamanda uzmanlara göstermesini istedi. Proudhon hiç kuşkuya yer bulunmadığını, yazının kesinlikle Lucette Guignon'a ait olduğunu belirtti.

İki buçuk saat sonra, müfettişler yeniden odalarımıza gelip, gözaltı durumumuzun sona erdiğini bildirdiler. Sorularımıza cevap vermemekte direndilerse de müdürün bizleri amfide beklediğini söylediler. Müdür gerçekten rahatladığını pek de gizleyemeden koşullara uygun bir üzüntüyle akademiye bunca kötülük eden kişinin sonunda kendi hayatına kıymaya karar verdiğini anlattı. Birbirini doğrulayan ipuçlarının adamın suçluluğunu resmen kanıtladığını ekleyip, bu korkunç dramı unutabilmemiz için ailelerimizin yanında birkaç gün geçirmemizi önerdi.

Müdür hepimizin ya da hemen hemen hepimizin beklediği o adı telaffuz etmeden amfiden ayrılmayı boşuna denedi. Müdürün sessizliği karşısında Caroline, yirmi yaşında genç bir gündüzlü, bütün bunların kimin suçu olduğunu öğrenmeden bu amfiden ayrılmayacağına şerefi üzerine yemin etti. Francis eğer tüm gerçek anlatılmazsa, hatta hemen anlatılmazsa, bu Tanrı'nın cezası okulu ateşe vereceğini haykırdı. Laetitia hareketini sözlerine uydurarak kalktı, şimdi giderek *Le Monde*'a, *Libération*'a ve *Canard enchaîné*'ye haber vereceğini söyledi. Sonra, beş ya da altı öğrenci gelip öğretmen kürsüsünü kapının önüne çekti. Müdür açıklama yapmak ve Oscar'ın adını vermek zorunda kaldı. Seri cinayetler işleyen katillere olan düşkünlüğü nedeniyle, kuşkuların zamanla onun üzerinde toplandığını belirtti. Psikoloğun öldürüldüğü akşam, öğretmenler odasından kaçarken, bir öğrenci tarafından görüldüğünü anlatırken, bana kalırsa yalan söylüyordu. Bu kadarla da yetinmedi, Lucette Guignon'un yazdığı ve Oscar'ı suçladığı raporu çıkardı, sonra da karşılaştırma yapmamız için, genç kadının yazılarından örnekler gösterdi. Yaptığı gösteri hepimizi sakinleştirdi.

Birkaç dakika boyunca, o mantıksız anın tadını çıkardım. Sonra ayağa kalktım. Etrafımdakilerden sessiz olmalarını isteyip, bir sorun olduğunu açıkladım. Açıkçası, Lucette Guignon'un öldürüldüğü gece onunla birlikte sabahın dördüne kadar ders çalıştığımızı, oysa köstebeğin cesedinin geceyarısına doğru bulunması gibi yadsınamaz bir nedenle, Oscar'ın işlediği iddia edilen tüm cinayetlerin faili olamayacağını belirttim. Akademinin üzerine yıldırım düştü sanki. Müdür, neredeyse yalvararak, bir iki gün yanılıyor olabilir miydim acaba, diye sordu. Kesinlikle emin olduğumu söyledim. Kanıt olarak da, o gecenin tüm ayrıntılarını şu anda burada bulunan Francis ve Rodolphe'a anlattığımı ekledim. Berikilerin söylediklerimi doğrulamaktan başka çareleri yoktu. Oscar'ın beni yalanlamak için elini kaldırmadığını varsayıyorum; oysa ben tahnitte ve cenazede acele taraftarlarındanım, bu nedenle otopsi masasının üzerindeyken, son bir yekinmede bulunduğundan eminim.

Şunun bunun tepkisi korkunç oldu. Alex şu kahrolası çenemi neden bir gün olsun tutamadığımı sordu. Kalleşçe sırtıma indirilen siyah evrak çantası yüzünden uzunca bir süre sırt ağrısı çektim. Sonra sınıfın demirbaşı Jean-Christophe da söz aldı, şimdiye kadar yanlışlık yapmamak için sustuğunu, ama Kerbach'ın öldürüldüğü gece, Mesrine hakkındaki incelemesi için araştırma yapmak üzere, Oscar'la birlikte Paris'te bulunduklarından emin olduğunu söyledi. Oscar'ı psikoloğun odasından çıkarken gören öğrencinin adını müdür yardımcısından vermesini istediğimizde, berikinin bu sırra ortak edilmediği anlaşıldı. Maurice, hani şu çok içtiği her sefer, yani her akşam, bize apandisini göstermek gibi kötü bir âdeti olan genç yatılı, birden titremeye başladı, sonra, hiçbirimize müdahale fırsatı tanımadan, aniden bayıldı. Laetitia başını ellerinin arasında alıp, sessizce ağlamaya koyuldu. Rodolphe hâlâ pansumanlı olan yüzükparmağını kan çıkarana dek ısırdı. Bir başkası aramızda ölümümüzü isteyen biri olduğunu, hepimizin gebereceğini haykırdı. Müdür oturmak zorunda kaldı, hepimizin koridora çıkıp birer kahve içmesini, konuşmalara birkaç dakika sonra devam etmeyi önerdi. Francis bir daha buraya ayak basmayacağına yemin etti ve eğer bir suçlu gerekiyorsa, bütün bu cinayetleri, hatta John Fitzgerald Kennedy'ninki de dahil, kanına dokunan bir sürü başka suçu üstlenmeye hazır olduğunu açıkladı.

Yarıya yakınımız müdürün önerisini dinleyip, kahve makinesinin çevresinde toplandı. Daha deneyimli olanlar odalarına dönüp, kapılarını kilitlediler. Kimileri de hastabakıcıyı bulmaya gitti, kadıncağız tehdit altında da olsa kimseye Tranxene, Prozac ya da benzeri ilaç veremeyeceğine yemin etti.

En güzeli sona kalmıştı. Rodolphe çılgınlar gibi haykırarak Francis'le benim yanımıza geldi, birinci eklemden kesilmiş, kan fışkıran yüzük parmağını gösterdi. Laetitia bayılırken, Rodolphe alyansını parmağıyla birlikte çıkarıp attığını, karısıyla arasında her şeyin bittiğini bağırarak anlattı. Francis'in ve iki kişinin daha yardımıyla, Rodolphe'u revire götürdüm. Rodolphe sol yüzük parmağının iki eklemini nerede bıraktığını söylememekte direndi. Odasına gittiğimizde, banyo teknesinin kenarındaki kan lekelerine bakarak, Rodolphe'un parmağından tuvalette kurtulduğunu anladık. Banyo teknesinin dibinde sadece alyans vardı. Francis'le aynı anda, alyansı olduğu yerde bırakmaya karar verdik.

Aşağıya indiğimizde, durumun daha da kötüleştiğinin, en sakin bilinenlerimizin bile aşırı bir heyecana kapıldığının farkına vardık. Annesinin her gün gönderdiği mektuplardan teselli bulmaya çalışan bir öğrenci, arkadaşlarınınkinde de, kendi posta kutusunda da mühürlü bir zarf, zarfın içinde de Maske serisinden sarı renkli ince bir kitap, Agahta Christie'nin *On Küçük Zenci*'sini bulup, şaşırdı. Birden adada mahsur kalan ve sırayla ölen tutukluların öyküsünü hatırladı. Hole koştu, müdüre bakıp, haykırmaya koyuldu: "Söylemiştim size, hepimiz öleceğiz!" Ben romanı okumamış olan Laetitia'ya, kitapta konuklarından dokuzuna sırayla saldırıp, seri cinayetler işleyen bir katilden bahsedildiğini anlatmaya çalışırken, iki gündüzlü bilemediğim bir nedenle, belki de müdürün şaşkın suratını görünce gülmekten kendini alamadığı için Francis'e sataştı. İçlerinden uzun olanı Francis'in saçını çekiyor, beriki de suçluyu yakaladığını bağırıyordu. Yanlarına koştum, yüzünün ortasına patlattığım bir kroşeyle ilkini yere devirdim, ikinciye bakıp, benimle birlikte olduğundan Francis'in seri cinayetleri işlemesinin imkânsız olduğunu söyledim. Herif beni pis bir kulampara olmakla suçlayıp, hırsını başkasından çıkarmaya gitti.

Rodolphe dışında, en fazla etkilenen müdürdü. Liseliler gibi kavga eden bizleri teker teker yanına çağırdı, onun yerinde olsak ne yapacağımızı sordu. Laetitia kabaca çenesini kapamasını söyledi. Hâlâ gülmekten boğulan Francis *On Küçük Zenci'*yi okumasını, bilmecenin anahtarını orada bulacağından emin olduğunu anlattı. Bana gelince, katilin bu duvarların dışında bizlere saldırması ihtimalinin düşük olduğunu belirterek, hem zihinsel hem de bedensel güvenliğimiz için rahat bırakılmamızı önerdim bilgece. Eğer bu akşama kadar suçlu bulunmazsa, mahvolacağını söyleyerek, önerimi reddetti. Cevap olarak, şu saatte sınıfın en az yarısının burayı terk ettiğini anlattım. Söylediklerime şaşırdı ve yardımcısına anlattıklarımın doğruluğunu sordu. Yardımcısının elinden bakışlarını yere indirmek ve söylediklerimi yarım ağızla doğrulamaktan başka bir şey gelemedi.

Müdür bürosuna sığınmaya gitti. Francis ile Laetitia'nın yanında birkaç dakika daha kaldım. Francis buradan hemen gitmezsek, hafta sonunu hem güvenliğimizi sağlayacak hem de bize eşlik edecek bir bölük jandarmayla, odamızda hapis geçireceğimizi söylüyordu. Acele etmeliydik: yarım saat sonra, elimizde çok az eşyayla okul kapısının önünde buluşacaktık. Krizin yakında çözümleneceğini düşünerek, valizlerimi hazırlamıştım. Odamda fazla oyalanmam gerekmedi, vakit geçirmek için Minguettes'in bodrumuna, garajın olduğu bölüme indim. Daha henüz birkaç saniye beklemiştim ki, Ludivine, yirmi sekiz yaşındaki gündüzlü, her bakımdan güzel bir kız, neşeli ve geleceği parlak bir hatun, Citroën'inin bulunduğu garajda, yanıma geldi. Bir buçuk saatten beri hepimizin kafasına takılan sorulara cevap alamadan öldü. Merakını bir anlığına olsun giderebilmesi için, arkasına bakmasına izin vermedim. Dikkatsizce bırakılmış bir krikoyla ensesine şiddetle vurdum. Sonra da cesedini yol denetimi çalışmasında kullandığımız polis minibüsüne kadar sürükledim, ardından arabayı cesedin üzerine ittim. Ludivine'le tesadüfen karşılaştım. Nedensiz cinayet dedikleri bu olsa gerek.

Birkaç dakika sonra, Laetitia otomobilime bindi, Minisine tıkılmış Francis'le okul kapısının önünde buluştuk. Kapının kapalı olduğunu, üzerlerinde kurşun geçirmez yelekler bulunan ve pompalı tüfekler taşıyan iki polis memurunun nöbet tuttuğunu gördük. Francis adamlara doğru yürüdü ve çıkmamıza izin verme nezaketini göstermelerini rica etti. İçlerinde rütbeli olanı, yüzünde bariz bir pişmanlıkla, yönetimden gelecek ikinci bir emre kadar giriş çıkışa izin vermeme talimatı aldıklarını anlattı. Ne Francis'in ses tonundan ne de dirseklerine kadar sıvanmış kollarından aşırı biçimde etkilenmemiş görünüyorlardı, yerel televizyon haberlerinin kameraları aniden çıkıp gelmese, odamıza dönüyor gibi yapıp, Francis'in küçücük Austin'iyle okulun parmaklıklarını devirmek zorunda kalacaktık. Laetitia her zamanki pratik zekâsıyla gazetecilere seslendi, içimizden bazılarının arzusu hilafına, zorla binada tutulduğunu bildirdi.

"Şimdiden görünmez bir düşmana dört ya da beş komiser adayını kurban vermişken" diye ekledi aceleyle, "çıkmamızı engelleyen bu iki oyun bozanın dışında, hiçbir güvenlik önlemi alınmamış." Söyledikleri hemen etkisini gösterdi. Oyun bozanlardan rütbeli olanı meslektaşının kulağına bir şeyler fısıldadı, beriki talimatını almak için müdürün yanına koştu. Francis genç adamın bir anlık dikkatsizliğinden yararlanarak, adamı kameranın önünde itti, parmaklığa dayandı. Laetitia televizyona demeç vermenin çekiciliğine direnemedi. Birkaç dakika içinde yanımıza gelen gazeteci ekibi sayısı birden ikiye, sonra da hemen beşe yükseldi, hatta ben bile izlenimlerimi *Parisien* muhabirlerine ve France İnter mikrofonlarına aktarmak zorunda kaldım. Biraz kendini beğenmişlikten olacak, birkaç haftadan beri bizlerle kedinin fareyle oynadığı gibi oynayan kişinin böylesine kısa bir sürede bu kadar güzel ve sağlam bir kurumun temellerine zarar verebilmesi için, az rastlanır bir zekâ düzeyine sahip bir sapık olması gerektiğini düşündüğümü söylemekten kendimi alamadım. Çıkabilen diğer öğrenciler de, yönetim boşluğuna, mekânın sağlıksızlığına, eğitmenlerimizin çoğunluğunun savunulacak yanı olmayan şehvet düşkünlüğüne verip veriştirip, sözlerimizi doğruladılar.

Bu akşam, Laetitia ailesinin yanına dönmek üzere beni terk etmeye karar verdiğini bildirdi. Yanımda birkaç gün daha kalmaya razı edebilecek hiçbir şey yapamadım. Ne onunla sevişmedeki çekingenliğimi itirafım, ne benden uzaklaşmakla atıldığı tehlikelerin tarifi, kararını değiştirtmeme yaradı. Bir taksi çağırttı ve Rouen'a kadar taksi parası olarak benden dört, beş yüz frank borç istedi. İstediği parayı vermemenin onu yanımda kalmaya zorlamak için aşağılık bir bahane olacağını düşündüm.

Sophie'nin öldüğü yeri tavafa tek başıma gittim. Belediye Sarayı'ndan falezlerin tepesine çıkan yüz yirmi üç basamağı sessizce tırmandım. Geçen 21 eylül günü, buz gibi bir havada ısınmak için, yukarıya ikinci gelecek olana bir ceza kesmeye karar vermiştik. O günlerde içtiğim iki paket Benson'a rağmen Sophie'nin birkaç metre önünde çıkmış, zavallı nefes nefese yanıma varıp, nasıl bir ceza vereceğimi merak ettiğini söylemişti. Cezayı çoktan seçmiştim ya, düşünmek için biraz zamana ihtiyacım olduğunu söyledim. Falez boyunca el ele yürüdük sonra bulunduğumuz yerin sakin olduğunu, eğer sis bastırmazsa kuşkusuz İngiltere'yi, hatta Amerika'yı bile görebileceğimizi düşünüp, otların üzerine uzandık. Sırt çantamdan bir şişe şampanya çıkardım, sonra başımıza geleceklerin en güzeli şerefine kadeh kaldırdık.

Sohbetimiz sırasında, bayağılaşmak da bazen doğru göründüğünden, birlikteliğimizi parçalayan tek anlaşmazlık noktasına değinme bahtsızlığında bulunduk. Gereksiz yere merakınızı bilediğimi, bilmem hangi nedenle gerilimi uzatmak için sizleri kandırdığımı düşüneceğinizin farkında olmama rağmen, bu akşam kendimde bunları size anlatacak gücü bulamıyorum. Rica ederim sabırlı olurun, yakında içimdekileri dökeceğim. Bu acı dolu anları anmanın her ikimizi de korkunç derecede etkilediğini bilin, yeter. Sophie'm, küçük karım, gelecek çocuklarımın anası, birden ayağa kalktı. Sendeledi. Falezin ucuna yaklaştı. Adımı haykırarak düştü. O yüz yirmi üç basamağı ikişer üçer indiğimde, hareketsiz cesedini bir kum yığınının üzerinde yatar buldum. Gezintiye çıkmış birinin sıfırın çok altında bir sıcaklıkta bizi birbirimize sıkı sıkıya sarılmış, uyur bulması için beş ya da altı saat geçmesi gerekti. Sophie gecenin geri kalan kısmını soğuk bir odada geçirdi; ben ise yerel karakolda, beni sorgulayan, hafta sonu öncesi bir gece basit açıklamalarımı mutlulukla karşılayan, anlattıklarıma sizden daha çabuk inanan jandarmaların karşısında.

28 aralık pazartesi

Bayan Canchale dünkü çocuklardan değil. Bunu birkaç hafta önce, günlüğümü almak için Clermont'a gittiğimde, hücresinin penceresini tıklatırken bir kez daha gördüm. Doktorlarının on beş günlük bir deneme süresi boyunca akıl hastanesinden ayrılacak durumda olduğunu düşündükleri bahanesini uydurdum. Yaşlı dostum bu iyilikleri için onlara teşekküre gitmenin yakışıksız olacağını hemen anladı.

"Size hayranım, Paul'üm" dedi sevinerek. "Size karşı derin bir sevgim var ve en kısa zamanda sizi evlat edinmek için gerekli tüm işlemleri tamamlamayı umuyorum. İyice anladınız değil mi? Sizi yakında evlat edinmeyi düşünüyorum, çocuğum!"

Clermont Hastanesi'nden beraber ayrıldık, yoldayken "Beş, altı arkadaşımla aramızdaki mizaç uyuşmazlığı" nedeniyle akademiye gitmeme kararı aldığımı açıkladım. Eğer Canchale karısı bana ihanet eder de günü geldiğinde bu sözlerimi bir mahkeme önünde tekrarlarsa, bu edep dışı kandırmacanın topu topu bana birkaç yıl fazladan hapse mal olacağından eminim. Beni karakterize eden geç algılayışım nedeniyle, anlatımı süslemek için, bunu *a posteriori* düşünmüş olamaz mıyım? Öyleyse, söyleyin bana, belki de Canchale'i hiç kurtarmadım, üstlenmekle övündüğüm o cinayetleri hiç işlemedim? "A, e, i, o, u, bir gün sizlere gizli kalmış başlangıçlarınızı söyleyeceğim!" diyordu şu beriki dâhi.

İçimde kalan birazcık saflıkla, bazı eski tanışıklıklarını canlandırmaktan keyif alacağını düşünerek, onu Picardie'ye, doğduğu köye götürmemi ister mi, diye sordum.

"Sevgili küçük Dardanie" diye haykırdı, "beni o iç karartıcı tımarhaneden, kısraklarının yanık sağrısını evdeki kaba karının sıkı büzüğünden daha sık parlatan o pancarcı köyünün yalnızlığına hapsetmek için kurtarmadığınızı umuyorum! Hayır, size kendimizi kaçaklık içgüdümüze teslim etmemizi öneriyorum! Otoyolların, geniş caddelerin sarhoşluğunu tatmayı, her şeyden çok isterdim. Paul, beni kamyonculara hizmet veren o otoyol lokantalarından birine, yemeğe götürmenizi istiyorum. Sonra da birbirlerini düzen erkeklerin, vücutlarını kiralayan kadınların ve kendilerini tehlikeye atan çiftlerin geceleri kol gezdiği servis istasyonlarında gezmeme izin vermenizi istiyorum. Her şeyden önce de geceliğine ya da bir saatliğine kiralanan o otel odalarından birinde uyumamızı şart koşuyorum!"

Canchale'e bütün bunları, hatta daha fazlasını da yapacağımızı vaat ettim. Uzun zaman, çok uzun zaman yol aldık, tam olarak on gün boyunca. Clermont'dan çıkarken önce Senlis'ye yöneldik, sonra da Paris'e kadar A1 otoyolundan gittik. Dıştaki çevreyolunu kullanarak başkentin etrafını döndük, Occitane otoyoluna ulaşmak için Orléans kapısından çıktık. Vierzon'a yakın bir yerde, bir servis istasyonunda mola verdik. Hanımefendi sırtında çok açık bir gecelik, benim paramla otelde bir oda tutmaya giderken beni de yanında istediğinde, kendimi bir jigolo gibi hissettim. Daha öğlen bile olmamıştı, otelci kibir ve acıma yüklü bakışlarını uzunca bir süre benden ayırmadı. Otel müdürünün aşağılayıcı bakışlarının bana iyi geldiğini itiraf etmeliyim.

Yanıma yaklaşan kadın ya da erkeğin beni aşağılamasının verdiği bu yoğun huzuru, bu özgürleştirici heyecanı ilk kez duymuyorum. Aslında, çok daha gençken, Paris metrosunda dilenebilmek için kirli ve yırtık elbiseler giymiştim. Bu maskaralığın kaynağında para ihtiyacı falan değil, sadece mutlak bir aşağılanma ihtiyacı, sadaka esirgeyenlerin bakışlarının ağırlığını üzerimde hissetme isteği yatıyordu. Beni başkalarının da gözü önünde, Laetitia'yı Kougar'a sunmaya iten de bu oldukça farklı mazoşizm biçimiydi kuşkusuz.

Böylesine bir aşağılanma ihtiyacı, neden? Ben ayrıcalıklıların ırkından, dokunulmazların kastındanım. Annem hamile kalırken, yaratıcılarım birbirlerini en güzel biçimde seviyorlardı ve babamın eğiliminin meyvesi bugün size okunacak bir şeyler sağlayan şu küçük ve güzel erkek. Kundağımın üzerine eğilen peri kızına –hem üstelik, bizimkiler arkalarını döner dönmez beni dudaklarımdan öptüğünden kuşkulanıyorum– teşekkür borçluyum: çeyrek asır boyunca, en ayrıcalıklı arkadaşlarımın düşünü bile göremeyecekleri başarılar tattım. Sadece bu biyografinin gerektiğince anlaşılması açısından, hayatın beni şımarttığını bilin, yeter. Sizin de anladığınızı sandığım gibi, kelimenin maalesef her iki anlamıyla, üstelik. Gönül zaferlerimi kısaca hatırlamak gerekirse, sayısız olduğunu ve bu yüzden yüzümün kızarmasının hiç gerekmediğini bilmenizi isterim. Ve eğer bu ölmüş ilişkileri bugüne kadar gizli tutmak istedimse, bunun tek amacı, sözlerime *kuşkusuz* yabancı düşüncelerle cinayetin estetiği hakkındaki denememi kirletmemek ve sonuna kadar varlığından habersiz bekleyeceğiniz bilmecenin anahtarını sunmaktı. Bir de, Saint-Cyr'de birçok genç kadının beni sevdiğini, ama beni etkileyen yas yüzünden aşklarına maalesef duygularımla karşılık veremediğimi de bilmenizi istiyorum. Eminim bu sonuçsuz aşk fazlalığının, gururumu okşamaktan çok beni rahatsız eden bu yararsız hayranlığın yükünden kurtulmaya çalışmama neden olanlar da, bu meyvesiz tutkular, bu gereksiz yeminler, benden çalınan o öpücükler ve sonuçsuz kalmaya mahkûm o ateşli mektuplardı.

Otel yöneticisinin aşağılaması beni heyecanlandırdı, daha da bayağılaşmak ihtiyacı uyandırdı. Canchale uzaklaşır uzaklaşmaz, edepsiz olmasına çalıştığım bir göz kırpışla adama ihtiyarın sadece erkek delisi değil, aynı zamanda da Karun kadar zengin olduğunu söyledim, istiyorsa bize katılmasına hiçbir engel olmadığını ekledim.

Otelci bana "Defol!" dedi. Ama sonradan anekdotu anlattığımda, Bayan Canchale beni hazırcevaplığım için kutladı:

"İzin verin de sizi öpeyim" diye ekledi. "Siz ve ben, aynı cinsteniz!"

Sanmıyorum. Canchale'in mutluluk dolu alçalması benim şehvet dolu güçsüzlüğü arayışımın önemsizliğiyle aynı mantıktan doğmadığı gibi, aynı davranışları da gerektirmiyor. Tam tersine, Bayan Canchale'in ceza mahkemesi dışında ona hiç gösterilmeyen ilgiyi çılgınca aradığı düşüncesindeyim. Yetmiş yaşına yaklaşmışken, sıska kemiklerinin ilgi çekeceğini umması imkânsız. Bu yüzden artık sadece edepsiz pozlarıyla, çekici giyimiyle ve belden aşağı sözleriyle erkek milletini tahrik etme gibi bıktırıcı bir alışkanlığın ilk sırada yer aldığı, sefil becerilerinden başka güvenecek bir şeyi yok. Beni boğdukları aşk fazlasının bazen beni bayağılaştırdığı doğru; ona gösterilen çok az ilgi ise onu sürekli olarak alçalmaya itiyor.

Bütün bunlardan sonra, aşırı utangaçlığı bulmaya çalışan Bonnie & Clyde'ın başrollerinde oynadığı yol filmi biçimindeki gezintimizin neşeli olacağı kesindi, öyle de oldu. Vierzon'u görmek istiyordu, Vierzon'u gördü. Ertesi gün batıya doğru yola çıktık. İki saat gittikten sonra, Chinon yakınlarında otoyoldan ayrıldık ve büyük bir mağazanın önünde durduk. Üzerine geçirdiği ve tesellisi mümkün olmayan göğsünü görmeye zorlandığım şeffaf geceliği yerine daha münasip elbiseler alırken, arabada beni beklemesi için ısrar etmem gerekti. Seçimimi uygun görmedi, gezintimize daha uygun bir kıyafet alırken yanımda olmayı şart koştu.

Sonunda, tahrik ettiğinde beni sevindiren, ısrar ettiğinde beni heyecanlandıran, soyunduğunda beni korkutan, başka hiç kimse sorumluluğunu almadığı için sevdiğim bu zavallı deliye karşı içimde derin bir şeyler duymaya başlıyorum. Yeter! O koca pezevenk çarıklarınızla geldiğinizi görür gibiyim: yoksa otel odasının gizliliğinde neler yaptığımızı merak etmiyor musunuz? Şakalarınızı buradan duyuyorum: "Daha neler, kocakarı hoşa gitmek için adileşiyor, delikanlı da aşağılanma ihtiyacı duyuyor..." Olsun. Yine de hiçbir şey öğrenemeyeceksiniz ve bu sırrı mezara götüreceğim. Bilin ki bayağılaşma ihtiyacım sınırına varmak üzere ve sizin için ne denli çelişkili görünürse görünsün, şu andan itibaren, çok az tanıdığım sizlerle sohbet etmek yerine, kocakarının kıvrımları arasına sığınmak bana çok daha kolay görünüyor.

Öğledensonra, Bayan Canchale kamyoncuların mola verdiği ve insanların aceleyle seviştiği o park alanlarından birinde edepsiz kıyafetini göstermeye karar verdi. Gösterisinden bıkınca yola devam etmek istedim. Arabaya binince, ses çıkarmadan ağlamaya koyuldu ve başkalarının düşkünlüğü bazen canımı sıktığından, radyoyu açtım. France İnter haberlerinden Rodolphe'un intihar ettiğini öğrendim.

Parthenay'e birkaç kilometre kala bir köy yoluna saparak, küçük bir göle vardık. Bagajdan bir battaniye çıkarırken, Paris'ten ısmarlayıp arkadaşlarıma dağıttıktan sonra geriye kalan, Agahta Christie'nin *On Küçük Zenci* kitabının beş nüshasını gördüm. Bir şişe açtım, kadehlerimizi yaşlı dostumun müstakbel başarılarına kaldırdık, sonra, şişe boşaldıkça, içimizi korkunç bir bitkinlik duygusu sardı.

Ondan sonraki üç gün, yüz kilometreden az yol yaptık. Her sabah, terden sırılsıklam çarşafların içinde ve çok geç uyandık, aşırı derecede içmeyi âdet edindik. Az yedik ve çok uyuduk, bazen derin, bazen huzursuz bir uyku. Bir öğledensonra, körkütük sarhoşken araba kullandım, birkaç kez ağaçlara çarpma tehlikesi atlattık. Yaşlı dostum bulanan midesini arabanın içine boşalttı. Gözleri alkolden kıpkırmızı, nefesi ağır, tüm insanlığa küfretti. Kasımın 7. ya da 8. günü, sabah yataktan kalkamadım, odayı bir geceliğine daha tutmamız gerekti. Başım öylesine ağrıyordu ki, en ufak bir ses çıkaramıyordum. O buz gibi odada öleceğimi sandım; bugün bile kafamda cehennemin nasıl bir yer olduğu hakkında belirgin bir fikir var. Bayan Canchale büyük bir fedakârlıkla başımda bekledi. Bu kadarla da kalmadı bir daha bir damla bile alkol içmeyeceğime, bir daha yalan söylemeyeceğime ve –öyle duyduğumu sanıyorum ama, belki de düş görüyordum– bir daha kimseyi öldürmeyeceğime yemin ettirmeye çalıştı. Vaazlarını daha fazla duymamak için teslim olmak üzereyken, midemin bulantısından cevap veremedim.

Ertesi sabah, gücümü biraz topladım ve bana gösterdiği ilgi için yaşlı dostumu büyük bir restoranda yemeğe davet ettim. Kaz ciğeri, biberiyeli güvercin palazı kavurması, yanında da sıkı bir şarap ısmarladık. Ve ikimizin de böylesine formda olmasının sevinciyle, hesabı ödemeden çıktık. Birkaç kilometre daha gittik ve namlı bir otelde kocaman bir otel tuttuk. İşte o zaman, günah çıkarmaya zorlayacağımı tahmin eden Bayan Canchale, İsasının sonunu anlatmaya girişti:

"Miguel'in durumu iyice kötüledi. Her gün, artan dozlarda damarlarına boşalttığı eroin, sonunda onu zehirledi. Aşırı dozdan olmasa bile kalp krizinden ya da ciğerinde bir damar tıkanmasından öleceğini biliyordum. İşte Miguel'le üç hafta boyunca seviştik. Beni o unutulmaz cezalara çarptırması için bir sürü günah uydurmam gerekti. Korkarım ölümü o oyunlar yüzünden oldu. Bana gelince, ona tapmayı sürdürüyordum. İkimizin de kabullendiği mistik bir ortamda ifadesini bulsa da, saf ve samimi bir aşkla seviyordum. Üzerimdeyken hissettiği iğrenmeyi unutturan beni dolandırdığı duygusu yüzünden. Ben, yarım asır boyunca sabrettiğim ve bitmek tükenmek bilmez bu bekleyiş boyunca omuzdan düğmelenmiş bir tüniğe, bir İtalyan'ın ağız kalabalığına, kirletilmiş bir yatağa benzeyen, göksel ve parıltılı bir macera düşlediğimden. Miguel'i seviyordum ve her sevişme onu biraz daha zayıflatıyor, yıpratıyordu. Bir ara, onu kurtarmak için hayatımı sunmam gerekir mi diye düşünmeye başladım. İyi ama, bulduğum eroin, üstlendiğim bakım olmadan, ne kadar yaşayabilirdi? İşte o zaman, kafamda onu kendi ellerimle temizleyebileceğim düşüncesi tomurcuklandı. İsa, hayatını sevilen biri uğruna vermekten daha ulu bir aşk olamayacağını söylemişti. Bu durumda, Miguel'e duyduğum aşkın en parıltılı kanıtı, hayatına son vermek oldu. Bu, nasıl söyleyeyim... özgeci bir cinayetti. Böylelikle İsama ona karşı duyduğum hayranlığa layık bir son hazırlamaya karar verdim ve mucizevî karşılaşmamızdan ve bana ilahî biçimde atlamaya başlamasından beri karşılaştırmaktan geri duramadığım İsa'nın Çilesi'nin bir benzerini yaşatmayı düşündüm. Zavallı çocuğun bacaklarında kalkacak kadar güç olsa, çoktan tüyecek, dağları düzletip, suların üzerinde yürüyecekti. Projemi gerçekleştirmeden önce birkaç gün daha sabretmem, ölümü için olmazsa olmaz bazı hazırlıkları tamamlamam ve sonunda Kutsal Cuma'nın şafağının sökmesini beklemem gerekti. O 20 nisan 199.. günü on iki kader arkadaşını küçük bir yemeğe çağırdım. Arkadaşları geldi, onlarla birkaç dakika konuşup, Miguel'in çok hasta olduğunu anlattım. En sevdiği arkadaşı Pierre ile marangoz Jacques arasında, kuşkusuz arkadaşlarının rolünü sonuna kadar oynamasından gurur duyduklarını gösteren anlamlı bir bakışma yakaladım. Matthieu ve Barthélemy'nin birbirlerini dirsekledikIerini, André'ninse kendini kıkırdamaktan alamadığını hâlâ çok iyi hatırlıyorum. Hiçbirini yüzüne vurmadım, buluşmamıza sevinmek zamanıydı. Şişeler boşaldı ve arkadaşlarının üzüntüme kayıtsız kalmaları çok sürmedi. Sonra arkadaşları gitti, o akşam onunla paylaşmayacağım yatağımıza götürmek için Miguel'in koluna girdim. Yanağından öptüm, fısıldayarak "Hain" dedi. Genç tanrım kollarımda biraz ağladı, ama hiç aldırmadım. Sonunda uykuya dalınca, önümdeki birkaç saatten yararlanıp, haçı kurdum. Çektiği ıstırabı anlatmayacağım, hem bitmeyecek gibi olduğundan, hem de, bütün ricalarıma rağmen, Miguel sonuna doğru rolünü gerektiği gibi oynamakta zorlandığından..."

Bayan Canchale'in anlattıklarını coşkuyla dinledim. Herkesin içinde öldürülmüş bir kardeş taşıdığını söyleyenin ve "insan ikizini sevmemeli, çünkü bu sevgiden insanın kendine karşı nefretinin geçici unutuluşu doğar" diyenin hangi büyük kadın yazar olduğunu hatırlamıyorum. Çünkü bu akşam, Bayan Canchale'in karşısında, kendimi ruh ikizimin önünde diz çökmüş görüyorum. Kendimi ona, mahrem hikâyesine, verdiği o acı dolu ama temyizsiz hükme, bencillikten arınmış bir fedakârlıkla, hayranlık duyduğu birini öldürme kararına öylesine yakın buluyorum ki. Buradan hareketle ona verdiğim sözü, bütün çektiklerimin nedeni, cinayetlerimin mantıklı açıklaması olan Sophie'nin sonunu anlatma sözümü yerine getirme konusunda hâlâ kararsızım.

Yol filmimiz sonuna yaklaşıyor. Eğer öteki sözümü tutacaksam, yaşayacak birkaç saatim kaldı sadece ve hâlâ size arkadaşlarımı neden öldürdüğümü açıklamak zorundayım. Beni kuşkusuz anlayacak olan sizlere karşı, bir daha hile yapmayacağım. Miguel gibi, ben de fazla direnemedim. Yorgunum ve konuşmamızı olduğu gibi önünüze seriyorum:

"Hanımefendi, bir gün farkla bundan tam bir yıl önce, sevdiğim kız ona karşı beslediğim aşka denk aptalca koşullarda öldü...

"Tanrı adına, itiraf edin: Sophie nasıl öldü?"

"Kızmayın, güzelim, ben de zaten onu anlatacaktım. İşte, Sophie falezden düştü, aptalca bir kaza."

"Yalan, bana gerçeği anlatsanız!"

"Tamam. Sizi bazı şeylerden korumayı ve gözlerinizde kendimi daha fazla kirletmemeyi düşünüyordum. Peki, Sophie'yi boşluğa ittim, çünkü beni terk etmek istiyordu. Bana düşüncesini öyle, apansız açtığında içimi... siz de bilirsiniz ya, bir öfke kapladı, onu boşluğa fırlattım."

"Yalan!"

"Ama... İyi de, size ne anlatmamı istiyorsunuz? Sophie düştü, nokta, satırbaşı! Geri dönülemez! 'Paul!' diye haykırdı, hiçbir şey yapamadım. Çok uzaktım, on ya da yirmi adım ötesinde. Koştum. Size yemin ederim ki koştum, Hanımefendi, ama çok geç kaldım! Çok geç, anlıyor musunuz? Sadece bir dala, bir köke ya da bir martı kuyruğuna yapışacak fırsatı bulabildi mi diye bakabildim! O zaman da, yardım çağırmak için yakındaki otele gidip...

"Sakin olun, küçüğüm, size inanmak isterim tabiî. Ama Tanrı aşkına bana neden düştüğünü anlatın... Zor olduğunu biliyorum, Paul, ama bana anlatabilirsiniz. Sizle ben, iki eski âşık gibiyiz, bana güvenin. Arandığınızı biliyorum, Paul. Neden arandığınızı da biliyorum. Bütün o insanları öldürdüğünüzü biliyorum, ama aynı zamanda Sophie'yi öldürmediğinizi de biliyorum. Evet ya! O şaşkın gözlerinizi çevirin... Üstelik bana tersini anlatmaya kalkmayın, her şey arabanızın koltuğunun altına sakladığınız o aptal günlükte, beyaz üzerine siyah yazılı. Hey, öyle bakmayın! Bir de unutmayın, birkaç gün önce ölecek kadar hastayken, sayıkladınız. İtirafa başlayıp, ne kadar ayrıntı varsa anlattınız. Endişelenmeyin, günahlarınızı bağışlıyorum ve daha önce verdiğim, yakında sizi evlat edinme sözümden vaz geçmiyorum! Yine de o sevimli günlüğünüzde benim hakkımda yazdıklarınızı değiştirmenizi istiyorum. Gerçekten de içimde, beni bir erkek budalası gibi tanıtmak istediğiniz konusunda, belli belirsiz bir his var. Bu da hiç hoşuma gitmiyor. Güzel, şimdi kadehinizi alın ve bana gerçeği anlatın!"

Gözlerim yaşlı, gardımı indirdim:

"Basitleştirmek için, dramın beş perdede gerçekleştiğini söyleyelim. Birinci perde: kahramanlarımız karşılaşıyor ve birbirlerine âşık oluyorlar; kısa zamanda birbirlerini ölecek kadar seviyorlar. İkinci perde: bir süre sonra, hikâyemizin kahramanı sevdiği kıza ait, el yazısıyla yazılmış bir not buluyor ve notu okuyunca ihanete uğradığını öğreniyor. Bu yüzden içinde sonsuz bir acı ve kıza gülünç bir şekilde 'Tamam, senden kesinlikle nefret etmiyorum' deme cesareti buluyor, çünkü asıl gülünç olan, kızı ölesiye sevmesi. Üçüncü perde: suçlandığını hisseden ve kendini böylesi güzel bir aşka layık görmeyen kadın kahramanımız, hatasını onarmak için hayatını vermeyi öneriyor. Erkek reddediyor. Kadın erkeği ölesiye sevdiği için hayatına onun korku dolu gözleri önünde son vermeyi kararlaştırıyor. Dördüncü perde: erkek de kadını ölesiye sevdiğinden, ölecek gibi oluyor ve kadını öldürmediği için neredeyse pişmanlık duyuyor. Günden güne, hastalıklı saplantılar geliştiriyor. Beşinci perde: ölesiye sevdiği kadınla paylaşmaktan başka bir şeyi düşünmediği o ölümle sarsılan erkek, hem ölümü dışlamak, hem de düşlerine giren o ölümün anlamını yakalayabilmek için, arkadaşlarından dört ya da beşini öldürüyor. İşte hikâyenin özeti. Çılgın bir hikâye."

"Sizi anlıyorum, sevgili çocuğum, ve kendimi size yakın hissediyorum. Biliyor musunuz, ben de Miguel'i öylesine çılgınca sevdim ki, sonunda hapishane yerine tımarhaneye gitmemi tercih ettiler..."

"Eğer söyledikleriniz doğruysa, Bayan Canchale, o zaman gecenin ve gündüzün, gölgenin ve ışığın her anında, her kararsızlığın, her ruh halinin, her kuşkunun, her umudun yoğunca paylaşıldığı ve aynı amaca yöneldiği birleştirici aşkın anlamını herhalde biliyorsunuz. Biz, tek bir vücutta birleşen, birbirlerine sıkıca sarılmış ikiz ruhlardık... Hünsaydık. Eflatun'un erdişilik mitosunu biliyor musunuz? Eskiden insanlık üç cinsiyete ayrılırmış: erkekler, kadınlar ve her ikisinin de bulunduğu üçüncüler, yani erdişiler Vücutları yuvarlakçaydı, dört elleri, aynı sayıda da bacakları vardı; birbirinin eşi iki yüz dışında ortak bir sırta ve kaburgalara sahiptiler. Olağanüstü bir güçleri vardı, o kadar güçlüydüler ki, sonunda Zeus onları ikiye bölmek zorunda kaldı. O andan itibaren, her tarafın kafasında sadece tek bir amaç vardı: öteki yarıyı bulmak, bulunca da bir daha ayrılmamak üzere, bütün gücüyle diğerine sarılmak. Böylelikle kendilerini açlıktan ve hareketsizlikten ölüme mahkûm etmiş oluyorlardı, çünkü diğeri olmadan ne bir şey yapabiliyor ne de yapmak istiyorlardı... Bakınız, Hanımefendi, yıllar boyunca öteki yarımı aradım ve aradığımı Sophie'de buldum. Aşkımızı kıskanan Zeus da bizleri ayırmaya karar verdi."

"Anlattığınız oldukça güzel bir öykü, sevgili Dardanie... İyi de, ikinizi ayıran neydi?"

"O lanetli gün geldiğinde, hasta annesini ziyaret etmek için odamızdan ayrıldı. Kader ya da belki Zeus'un öfkesinden geriye kalmış arta kalan bir kırıntı, bazı tamir işleri yapmam için beni ağır bir dolabı çekmeye itti. O dolabın arkasında, Sophie'nin yıllardan beri yazdığı bir günlük buldum. Biraz dalgınca, ama gördüğüm birkaç dizenin, aşkımız üzerine birkaç masum düşüncenin verdiği merakla, günlüğü açtım. İlk satırları okurken dudaklarımda beliren tebessüm kısa sürede yerini asık bir yüze bıraktı. Oturmak zorunda kaldım. Yüreğim öylesine delice vurmaya başladı ki, hayatımı kaybedeceğimden ürktüm. Tek sevdiğimin aşk geçmişi, sık satırlarla yirmi otuz sayfa doldurmuştu. Daha o sabah başucu masama bırakılmış notta beni duygulandıran, ama o iğrenç defterde kolay buluşmalarla, boşa gitmiş tutkularla, evlilik vaatleriyle, bozuşma haberleriyle şişinen o soylu yazıyı tanımıştım elbette. Başım korkunç şekilde dönmeye başladı, nefes alamıyordum. Yalan söylemiyorum, Hanımefendi, bakın hâlâ titriyorum! Koşup bir şişe porto kaptım, kafama dikerek yarısını içtim. Oturmaya çalışıp, kaldığım yerden okumaya devam ettim. Mahrem ilişkilerinin satır aralarına yuvalanmış ayrıntılarında gezindim. Böylece Arthur'ü sevdiğini, Marc'a hayran olduğunu, Georges'a taptığını öğrendim. Roger'yle yazı masasının üzerinde seviştiğini, Patrick'e verirken lavaboya yaslandığını, arabasındayken Sébastine'in altına yattığını, asansörde Jacques'ın üzerine oturduğunu da. Bütün bunları okudum. Daha beterini de. Daha beterini, çünkü adımı, Paul'ü son üç sayfada gördüm. Adım bir sürü başka adın arasındaydı ve gözüme hiç öyle adi, bayağı ve kısa görünmemişti. Eminim, birkaç dakikada böylesine yoğun bir iğrençlik yığınında gezinmekten daha korkunç bir şey yoktur. Sonra, daha da kötüsünü okudum. Benimle tanışmadan az önce terk ettiği adamla son bir kez birlikte olduğunu –tabiî bedenen, en azından ben öyle düşünüyorum– okudum. Karşılaşmamızdan birkaç gün sonra, daha seviştiğimiz yatağının çarşafları soğumadan, adamın evine gidip eşyalarını toplamak zorunda kalmış. Aslında, geceyi adamın evinde geçirmiş. Uzun süre kendime şu temel soruları sordum: adam içine girdiğinde, beni bir kez olsun düşündü mü? Herifin adını fısıldadığında, inlediğinde, aldığı zevkin içinde bir soluk da olsa, acı çekmiş miydi? Doyuma ulaştı mı? Kendini suçlu hissetti mi? Adamın çıplak göğsünün üzerinde mi uyuyakaldı? Hararetle dilediğim biçimde, kendini bir orospu gibi mi verdi? Yani, sevgisizce, sadece gerektiği için. Adamın artan isteği karşısında yumuşadı mı, yoksa ayrılık armağanı olarak kendini mi sundu? İlişkileri sadece birkaç dakika mı sürdü, yoksa tam tersine, Sophie uzun hazırlıklara, gereksiz okşayışlara, aşk oyunlarına mı daldı? Onun tepkisinden olduğu kadar kendiminkinden de ürktüğümden, bütün bunları ilk akşam soramadım. Numara yaptım. O akşam onunla kudurur gibi seviştim. Hâlâ, sevişmek mi? Daha doğrusu, onu o kâh adamın altında, kâh ikimizin arasında düşledim, bu da beni daha fazla heyecanlandırdı, yıkılmışlığımı unutturdu, karnının üzerinde mastürbasyon yapmış oldum. Ertesi sabah, her şeyi itiraf ettim. İlk tepkisi, beni özel hayatına tecavüzle suçlamak oldu: "Nasıl cüret edersin, Paul?" Benim repliğimi çalıyordu. Açıklama yapmamakta direndi. Onu öldürebilirdim. Uzun cinayet dizimi böylece başlatmış olurdum. Istırap çektim. Yaptığı ve kendini suçlamadığı besbelli şeyler için onu bağışladım. Kısacası, affettim. Sadece genç karısına tecavüz edeni bağışlayan bir kocanın hissedebileceği uç noktada aşağılanma duygusu ve sonsuz kramplarla. Bağışlamam haftalar sürdü. Olanlar aklıma geldiğinde yaşadığım o korkunç çarpıntıların dinmesi için aylar, belki de yıllar gerekecekti herhalde. Aylar ya da yıllar boyu sabretmemiz mümkün olmadı.

Geçen eylül, falezlerin tepesinden Tréport'a bakan görkemli bir otelin harabeleri üzerine yapılmış küçücük bir handa birkaç gün geçirmeye gittik. Kendimi daha iyi hissettiğimden emindim. Yavaş yavaş, Sophie'yle aramızda yoğun bir uyum, hep eksik kalan bir dinginlik hissetmeye başlamıştım. 21 eylül günü, deniz kenarındaki dükkânlara giderek ıvır zıvır aldık. O öğleden sonra dörde doğru, rüzgârın dövdüğü falezlerde dolaşanların sayısı bir elin parmaklarını geçmezken, sıcak parkalarımıza sarınarak, boşluğun birkaç metre ötesine yerleştik. Bir şişe açtık, sırayla dudaklarımıza götürdük. Şampanya kötüydü, ağızda fena bir tat bırakıyordu. İstediğimiz gibi yönlendirmeyi öğrendiğimiz konuşma, bizi karşı karşıya getirebilecek tek konuya döndü, maalesef. İşi o korkunç defterden bahsetmeye nasıl vardırdık? Konuşmayı yeniden canlandırmakta zorlanıyorum. Sanırım falezin tepesinde İngiltere'yi, hatta Amerika'yı seçmemizi engelleyen inatçı sisle ilgili şakalaşıyorduk herhalde. Sophie Yeni Dünya'yı görmenin hoşuna gideceğini ekledi. İşte o zaman, bir Teksaslıyla aşna fişne yapmak için, oralara gittiğini okuduğumu hatırladım. Pusuyu, ikimizi de sürüklemeden duramayacağım tuzağı hissettim. Yine de, *yatmak* için oralarda birkaç iyi yer bildiğinden emin olduğumu söylemeden edemedim. '*Gecelemek* demek istiyorsun, değil mi, Paul?' diye sordu alçak sesle; hüzünlenivermişti. Boğazım düğümlendi. Yüreğim çılgınca vurmaya başladı. Bir iki saniye boyunca, günlüğünü bulduğumda hissettiklerimi yeniden yaşadım. Ben başımı önüme eğmiş, cevap vermemekte direnirken, yüzü bembeyaz, gözleri yaş içinde, kalktı. Birkaç adımda, falezin kenarına vardı. Son bir kez bana baktı. Benden başka kimseyi sevmediğini söyledi. Yemin bile etti. Sessizliğim karşısında, daha da ilerledi. Bir ya da iki metre. Durdurmak için hiçbir şey yapmadım. Felçli gibiydim sanki. Atladı. 'Paul!' diye bağırdığını duydum. Açık açık. Belki de adım kısa olduğu için. Bir de, Tréport falezleri Avrupa'nın en yükseği olduğundan."

28 aralık pazartesi günü, saat gecenin on biri. Nankör Canchale beni Rouen yakınlarında dikkatsizce arabaya aldığım genç bir Çingene için terk edeli üç gün ve iki gece oldu. Herifin adı Matthias'mış. Genç, kuvvetli, pis ve kötü biri. Kadınla beraber arka koltuğa yerleşti ve biz daha otuz kilometre bile yapmamışken yaşlı dostumun bacaklarını okşamaya girişti. Canchale'in yüzü aydınlandı, herifi yemeğe davet edeceğim diye tutturdu. Yemekten sonra, herif Canchale'in peşinden restoranın tuvaletine seğirtti. Aralarında geçenleri düşünmek bile istemiyorum. Yaşlı dostum on beş dakika sonra, yirmi yaş gençleşmiş olarak döndü, dudaklarında bir tebessümle o genç serserinin peşinden gitmeye karar verdiğini açıkladı. İnanır mısınız, gözlerimde birbirlerine sarılmış gidişleri canlandığında, hâlâ ıstırap çekiyorum.

29 aralık salı

Sarhoşum, daha önce hiç olmadığım kadar sarhoş. Öykümü böyle bitirdiğim için ne denli utandığımı bir bilseniz. Cümle kuracak kadar bile cesaretim yok. Yine de sizlere iki üç önemli şey söylemek istiyorum:

1 – *Qualis artifex pereo*: "Benimle birlikte ne ulu bir sanatçı ölüyor !" Neron intihar etmeden önce kendini bu sözlerle tanımlamıştı, çünkü o hem sirkte, hem de tiyatro sahnesinde bir yıldız gibi parlamıştı. En son kelimelerimi bu sayfalara yansıtacak kadar yaşamayacağımdan, *supremum vale*'mde[15] Neron'un benzetmesini ödünç alacağım.

2 – Çok yararcı düşüncelere daldığıma göre, beni Tréport'un (denizin çok güzel göründüğü) küçük mezarlığında toprağa vermelerini ve mezar taşıma şu kitabeyi yazmalarını vasiyet ediyorum: "Burada Paul de Dardanie yatıyor. Adını taşıyan merdivenlerin basamaklarını birer birer tırmandı. Tepeye ulaşınca, çok yüksekten düştü." Aynı zamanda, bu günlükten kurtarılmamı da vasiyet ediyorum.

3 – *(Önemlidir.)* Okulda işlenen bütün bu *cinayetlerden* ve oradan ayrıldıktan sonra yakınımda gerçekleştirilen birkaç güzel cinayetten aklımda ne kaldı? Aslında, hiçbir şey. Ya da beni artık istemeyen Sophie'nin ölümünü paylaşma arzusu dışında, hiç. Akıl hocam Bayan Canchale gibi sevilen kişinin özgeci ölümünün faili olmaktan ve tırmanmaktansa, merdivenimin basamaklarını inmekten sonsuz keyif alırdım.

4 – Cinayetlerin içinde güzellerinin de bulunduğunu teslim etmek zorundayız; öyle ya, bunu daha önce de kanıtladık. Artistik intiharlar var mıdır? Kendi halinde bir resim sanatçısı olan Couverchel ad-

15. Son nefes. (ç.n.)

lı birinin bembeyaz ve dev gibi bir tuvalin önünde beynine sıktığı bir kurşunla intihar ettiğini duymuştum. Kafatası parçalandığında, beyin parçacıkları tuvale yapışmış. Müfettişler, önce rastlantı sanmışlar, ama tuvalin arkasını çevirdiklerinde, "Sanatçının natürmort portresi" ibaresiyle karşılaşmışlar.

5 – İntiharım estetik değil, anlam dolu olacak. Kendimi yarım saat sonra, Tréport falezlerine hâkim haçın sol tarafındaki bir sokak lambasına asacağım. Barabbas'ın (hırsızlar kralı) Lyon banliyösünde, Thou Dağı'nın yükseklerinde, İsa'nın sağında çarmıha gerildiğini herkes bilir. Bana kalırsa tarih ikinci hırsızın adını ve günahlarını pek hatırlamamış. Yemin ederim, oldukça saygıdeğer bir hırsız olacağım. Sonra da sonsuz gece boyunca kadersizlik yoldaşları sayılacağız: o, onu seven yaratığın, babanın özgeci (üstelik de, tanrısal) cinayetinin kurbanı; bense sevgilim Sophie'nin imkânsız (dolayısıyla avuntusuz) katili.

6 – Beni çok saran ve diri diri gömülenlerle ilgili bir kitabı bitirdim. Düşünebiliyor musunuz, Amerikalılar Vietnam Savaşı sırasında ölmüş bütün askerlerinin mezarlarını açmaya karar verdiler. Tabutların yüzde üçünün dış tarafında tuhaf işaretler varmış: tahtada çizikler, kemirilmiş eller, burada saymak istemediğim daha bir sürü şey. Yazar hoşuma giden bir alıntı yapıyor. "Ölüm hem kesindir, hem de değil. Kesindir, çünkü kaçınılmaz; kesin değildir, çünkü bazen insanın öldüğü kuşkuludur." *Günlüğümü tahnitlenip aceleyle gömülenlere adıyorum.*

7 – Bundan sonrası böyle gelişecek:

a) Calvados[16] şişesini ve Mozart'ın *Requiem*'ini bitiriyorum.

b) Otelciye teşekkür edip, anahtarı iade ediyorum, ama adamı öldürmüyorum.

c) Otomobilimden ipi alıyorum.

d) Günlüğümü plastik bir torbaya koyuyorum, torbayı da yağmurluğumun iç cebine.

e) İpi sokak lambasına bağlıyorum, yıldızlara bakıyorum ve.... [17]

f) Var gücümle siz hepinizi, Sophie, seni düşünüyorum ve cesaretim kalmışsa "QUALİS ARTİFEX PEREO!!!" diye haykırıyorum.

İşte, artık her şeyi biliyorsunuz. Yemin ederim, eğer beni durdurmazsanız, söylediklerimi yaparım.

Beni durdurmak için orada olamayacaksınız. Bu satırları yazarken yani bitişe 10 dakika kalmışken çok az bir süre sonra artık hiçe dönüşeceğim düşüncesiyle iç organlarımdaki beni ölüme götü-

16. Fransızca "elma rakısı". (ç.n.)

17. Editörün notu: okunamıyor.

recek, etime işkence edecek acıdan asla haberdar olmayacaksınız. Hiç. Hiç. Hiç... Tanrım, kendimi özleyeceğimi hissediyorum.

Beni okuyan Hanımefendi, Beyefendi, sizlerden ayrılma düşüncesi gözlerimi yaşartıyor. Sizi tanımıyorum, ama çok seviyorum. *(Bütün yüreğimle seviyorum.)*

Beni az da olsa sevmekten korkmayın. Ben kötü değilim, hiç kimseyi öldürmedim. Yemin ederim size! *(Yakında çarmıh komşusu olacağım İsa adına yemin ederim.)* Bunu size anlatmayı beceremedim bir türlü.

Merhum Sophie, birkaç dakika sonra yanında olacağım için bulutlarda dolaşıyorum sanki. Sonsuza dek kapanacak gözkapaklarımın ekranında kısacık ve sonsuz aşkımızın resmi geçidini göreceğim birkaç saniye.

Duyun ve sık sık hatırlayın, haykırıyorum: QUALİS ARTİFEX PEREO!!!

25 ocak pazartesi

Pitié-Salpêtrière Hastanesi

Psikiyatri Bölümü

Paul de Dardanie'nin el yazısı günlüğünü Dardanie'nin dostu ve vasiyetnamesinin uygulayıcısı Francis'ten aldım.

Arkadaşının öyküsünü bir psikiyatra teslim etme niyetinde olmadığını da itiraf eden Francis, Pitié-Salpêtrière Hastanesi'ne gelip, beni buldu. Sıkıntıyla ve bariz bir bitkinlikle, Dardanie'nin vasiyetini yerine getirmek zorunda olduğunu ve arkadaşının intihar etmeden önce gizlice kaleme aldığı günlüğü bana vermesi gerektiğini açıkladı. Francis günlüğü bana verirken, bundan on gün kadar önce kendini Tréport falezlerinden aşağıya atan arkadaşının çarpıcı ölümünü anlamaya çalıştığı için yazılanları okuduğunu itiraf etti.

Başvurusunun acayipliğiyle şaşırarak Francis'e Paul de Dardanie'yle aralarındaki ilişkiyi anlatmasını, arkadaşını bu günlüğü yazmaya ve cinayetleri üstlenmeye iten nedenlerin neler olabileceğini açıklamasını istedim. Francis başlangıçta konuşmamızda kötü niyetlilik gördü, ama ilgime ve dostunun anısına saygısızlık etmeme kaygıma inandıkça açıldı, sonunda, yanımda iki buçuk saate yakın kaldı. Yine de vardığı temyiz edilemez hükmü teyit etmemi sağlayamadı. Onun gözünde, profesyonel ya da kişisel bazı kaygılarla, Paul "geçici çılgınlığın, kişilik bölünmesinin ya da ona benzer bir şeyin" kurbanı olmuştu.

Dardanie'nin anlatısını okurken, Paul de Dardanie'nin yanında bizzat şahit olduğu pek çok durumu hatırlamıştı, Francis. En önemlisi, ne sözü edilen mekânlar (129 numaralı oda, Thou Dağı, Minguettes...) ne insanların tanımı (öğrenciler, eğitmenler, Canchale, Londralı polis yetkilisi...), ne anlatının kronolojik sırası ne de Dardanie'nin anlattığı çeşitli olayların gelişimiyle ilgili en ufak bir yanlışlığa rastlayamamıştı.

"Tek farkla" diye ekledi, "*Arkadaşımın Saint-Cyr'de ya da okul dışında üstlendiği cinayetlerden hiçbiri, gerçekte işlenmemişti. Valoutte, Lucette ve Oscar hâlâ hayatta; bunlar onun tüm kalbiyle sevdiği insanlardı.*"

Günlüğü büyük bir dikkatle okuyarak, Paul de Dardanie'nin çevresine yakınlaşmaya çalışarak, patolojisi hakkında vardığım sonuçları arzum üzerine birçok meslektaşımın yaptığı ve genellikle aynı sonuçlara varan incelemelerle karşılaştırarak haftalar geçirdim. Paul de Dardanie, ölümünden sonra bulunan bu günlüğün araştırmacılar ve klinikçiler tarafından incelenmesine izin vererek saplantılı nevrozlunun kaygılarını irdelememiz, bu nevroz belirtilerini kişinin bize anlattığı biçimde etüt etmemiz, onu rahatsız eden hastalık ile bu rahatsızlıkların kaynağı hakkındaki görüşlerini değerlendirmemiz için bize paha biçilmez bir imkân sağlıyor.

Dardanie nevrozunun belirtilerini büyük bir sadakatle anlatsa da, kendini işlemediği cinayetlerle suçladığı da anlaşılıyor; kurbanlarının hepsi hayatta, Sophie de öyle. Tecrübesiz birine aşırılık olarak gözükebilecek ya da arkadaşı Francis'in "*delilik*" olarak tanımlayacağı bu durum, bir saplantılı nevrozlunun itirafı olması nedeniyle psikiyatr için tam tersine, görülmedik bir önem kazanıyor. Anlaşıldığı kadarıyla bu sembolik ya da düşsel cinayetler, saplantılı davranış bozuklukları hakkında rahatça konuşmasına rağmen, kişinin anlatamayacağı kaygılarını kamufle ediyor. Dardanie'nin psikiyatri konusundaki ayrıntılı bilgisini göz önünde bulundurarak, ne demeli? Psikanalistler tarafından "yerdeğiştirme" ve "ikame oluşumu" olarak adlandırılan ve saplantılı nevrozun temel psişik mekanizmasını bilmemesi mümkün değil. Dardanie'nin günlüğü, kişiye kaçmaya uğraştığı gerçekten çok daha güvenli (bizi ilgilendiren ve değerlendirme skalalarından, cinayet estetiği teorilerinden, planlı katliamlardan oluşan) bir yenigerçeğe sığınma imkânı veren savunma mekanizmaları diyebileceğimiz bu süreçlerin derin ve ayrıntılı bir incelemesini mümkün kılmaktadır.

Aşağıda sizlere psikiyatri ve psikopatoloji alanında birçok tanınmış uzman tarafından da teyit edilmiş teşhisimi tanıtıyorum. Dardanie gerçeğinin klinik tablosunun daha iyi anlaşılması için analizin, anlatının karmaşıklığını aydınlatmaya ve belirgin aykırılıklarını çözmeye çalışan didaktik bir üslupla sunulduğunu göreceksiniz[1].

1. Editörün notu: Profesör A.L.'nin analizi bütünüyle tekrarlanmıştır. Raponun teknik dili bazı okurları ürkütebilir. Bu durumda okurlar, anlatının taraflarıyla (Valoutte olarak bilinen Amélie Duval, Lucette Guignon, Oscar Gibouin) analizcinin gerçekleştirdiği söyleşilere geçebilirler. Bkz. s. 135 ve sonrası.

"DARDANİE" DOSYASI

1 – Saplantılı nevrozun belirtileri

İlk tahlilde, Paul de Dardanie'nin anlaşıldığı kadarıyla ve kendi analiziyle, en tipik biçimiyle ve şiddetli ve tutkulu bir çatışmayla tanımlanan saplantılı nevrozun pençesinde olduğu açıktır. Bu nevrozun yakın bir insanın kaybından –"merhum Sophie"– ve ardından bu kaybı denetleme yetersizliğinden kaynaklandığı kesin gibidir.

Analitik bir tedavi görmek ya da bir papaz veya üçüncü bir kişinin karşısında günah çıkarma gibi, mahrem bir günlük tutmak da kişinin saplantılı kaygılarından kurtulma çabasının belirtisi olarak önemlidir.[2] Uzmanlar buna arındırıcı anlatı da derler.

Kendini 30 aralık 199.. günü Tréport falezlerinin tepesinden atan Dardanie'nin intiharı da bu varsayımı doğrulamaktadır: çok şiddetli psişik bir çatışmanın ve korkularına karşı hareketlerinde ve düşüncelerinde verdiği savaşın etkisinde kalan saplantılı nevrozlu, sonunda kendi hayatına son vermeye kadar gidebilir.[3]

Aynı şekilde, saplantılı nevroz, Dardanie'nin büyük bir kesinlikle tarif ettiği zorlanımlı semptomlarla ortaya çıkar: ölüm saplantısı, hastalıklı büyümsü ritüeller, istenmeyen eylemler yapmaya zorlanım (edepsiz konuşmalar). Başka bir semptom da, birazdan göreceğimiz gibi, içten içe dallanıp budaklanan psişik bir çatışmanın dışavurumu olan kurma ve kuşkular.

Bu belirgin noktalar hakkında birkaç kere sorgulanan yakınları Paul de Dardanie'nin Mozart'ın *Requiem*'ini dinlemeyi ve "her dakika istavroz çıkarmayı" âdet haline getirdiğini, neredeyse bir ağızdan doğruladılar.

Bir de Dardanie'nin hissettiği "aşağılanma"[4] isteğini "cezalandırılma ihtiyacı (*Strafbedürfnis*)" olarak adlandırılan bir psikanaliz kavramına, yani bazılarının hissettiği can sıkıcı ya da küçük düşürücü durumda yaşama gereksinimine yaklaştırabiliriz. Freud'a göre, bu özellikle saplantılı nevrozlarda rastlanan ve bir arzunun yerine gelmesi için denetime ödenen bir diyet.[5]

Dardanie kişiliğinin bazı özelliklerini ya da zorlanımlı semptomla-

2. Bkz. bu kitap s. 11; "Sophie'nin tam bir yıl önceki (...) sonunda bu akşam günlüğe başlamayı erteleyemeyeceğim kanısına vardım."

3. Bu bağlamda Paul de Dardanie'nin böylesi bir sonun bilincinde olduğunu hatırlatmakta yarar var. Bkz. bu kitap. s. 54.

4. Bkz. bu kitap s. 112 "Otel müdürünün aşağılayıcı bakışlarının bana iyi geldiğini itiraf etmeliyim."

5. Bkz. Sigmund Freud, *Düşlerin Yorumu.*

rı tanımlarken konuşkan ve doğal olmaya çalışsa da, üstlenmekten hoşlandığı hayalî cinayetler konusunda okuyucuyla kedi fare oyununu oynamaktan da geri kalmamaktadır.

2 – Psişik çatışmanın özellikleri konusundaki belirsizlikler

Saplantılı nevrozun semptomlarının tarifi, ne denli incelikli olursa olsun, kişinin psişik çatışmalarının özelliğini *de facto* açıklamaya yeterli değildir.

Elimizdeki örnekte, Dardanie'nin saplantılı nevrozunun "merhum Sophie'nin" kendine biçtiği ölümden kaynaklandığını söyleyebiliriz. Pek deneyimi olmayanlar, ölümden kaynaklanan bu saplantının kişiyi durmadan ölüm korkusunu belirtmeye ittiğini, dahası, bu korkuyu bastırmak, denetlemek, yüceleştirmek ya da az veya çok kabul edilebilir herhangi başka bir nedenle bir sürü genç kadını öldürmeye yönelttiğini ekleyeceklerdir.

Sorunu basitleştirmekten başka bir özelliği olmayan böylesi bir varsayım, biri ampirik, diğeri kuramsal iki itiraz doğurur:

– Her şeyden önce, Saint-Cyr-au-Mont-d'Or'da hiçbir cinayet işlenmediği kesindir. Bu günlükte öldürülmüş olarak tanıtılan kişilerden bazılarıyla uzun uzun söyleşme fırsatı bulduk: Amélie Duval (Valoutte), Lucette Guignon, Oscar.[6] "Merhum Sophie"yle ilişki kurmamız mümkün olmadı. Sophie'nin telefonla ulaşabildiğimiz abisi kız kardeşinin sağlıklı olduğunu, kâhyalık işine başlamak üzere Fransa'nın güneydoğusuna doğru yola çıktığını hiç kuşku bırakmayacak biçimde anlattı.

– Daha sonra ve teorik planda, Freud bize saplantılı nevrozlunun korkusunun kaynağını belirgin mekanizmalar aracılığıyla, asıl çelişkiye uzak veya yakın tasarımların (bizi ilgilendiren konuda, hayalî cinayetlerin) arkasına sakladığını, maskelediğini, ya da biçim değiştirttiğini öğretir (bkz. izleyen bölüm).[7]

Diğer yandan, Dardanie'nin okuyucuya korkularının gerçek nedenini itirafta yaşadığı zorluklarını anlatabilmek için birçok kez vurucu deyimler kullandığı hatırlanacaktır: "Tekrarlarımı görüp bağışlayacak, bir uzman olarak onları zorlanımlı ritüele mal edecek ve bu itiraf karşısında beni anlayacak ve size söylediklerimi ve anlayışsızlığımı haklı bulacaksınız."[8] ya da "Ben kötü değilim, hiç kimseyi öldürmedim. Yemin ederim size! (...) Bunu size anlatmayı beceremedim bir türlü."[9]

6. Söz konusu kişilerin ayrıntılı notları için bkz. bu analizin son bölümü.

7. Bkz. Sigmund Freud, *Die Abwer-Neuropsychosen*, 1894.

8. Bkz. Mükemmel Cinayetler, s. 55.

9. a.g.e, s. 125.

Amacı bir ölçüde tedavi olan bu itirafta samimiyetine kolaylıkla inanmaya hazır olduğumuz Dardanie kaygısını anlaşılır bir ifadeyle okuyucusuna iletebilmek için söz konusu kaygıdan soyutlanmayı becerememiştir. Ulusal Polis Giriş Sınavı İdaresi'nde yapılacak basit bir araştırmanın, Dardanie'nin psişik çatışmasının kaynağı ve özellikleri konusundaki kuşkularımızı doğrulayacak önemli bir yanlışlığı gözler önüne sereceğini biraz sonra göreceğiz.

3 – Korku nedeninde yerdeğiştirme: ikame olarak cinayet

Yukarıdaki gözlemlerden çıkan sonuç Dardanie'nin incelemenin bu aşamasında tanımlanamamış korkularının niteliğini isteyerek değiştirdiği, asıl psişik çatışmaya yabancı tasarımların arkasına gizlendiğidir; özellikle, başta "sembolik", "düşlenmiş" kurgusal (bildik sözcüklerle ölümden bir metafor olarak da bahsedilebilir) cinayetlerin yüceleştirilmesi olmak üzere ölümle ilgili saplantılarının arkasına saklandığıdır.

Böylelikle Dardanie, saplantılı nevrozun etiopatojenik özelliklerinden kaynaklanan psişik bir süreç aracılığıyla, bilerek ve isteyerek kaygılarının niteliğini değiştirmiştir. Psikanaliz ve özellikle de Freud'un çalışmaları[10] bir kaygı konusunu başka bir konuyla yer değiştirerek kaygının yükünden kurtulmak olarak tanımlayacağımız ve günümüzde "yapmacığın asıl çatışmaya az veya çok yabancı tasarımlarla yerdeğiştirmesi" olarak adlandırılan bu psişik süreci tüm boyutlarıyla incelemiştir.

Savunma amacı ve şiddetli bir psişik çatışmadan sakınma niyetiyle ilkel korkularından kurtulan kişinin kaygı konusunu yerdeğiştirmesine psikanalizde "ikame (Verschiebungsersatz)" adı verilir ki, bu da incelememizde ifadesini cinayette bulur.

Yapmacığın yerdeğiştirmesindeki neden, kişinin ikame kaygıyı psişik çatışma bağlamında daha az sarsıcı bulmasıdır. İkame edilen konuyu daha az sarsıcı kılmak için, kişi konuyu yüceltebilir (eşcinsel eğilimlerin yerini alan erkeksi dostluk buna örnek olabilir) ya da, tam tersine Dardanie'de gördüğümüz gibi, ikame ettiği konuyu asıl kaygısına katarak, örneğin güzelleştirerek, başkalarının gözünde daha kabul edilebilir hale getirmeye çalışabilir. Bu bağlamda, Dardanie'nin cinayetlerin estetik derecesini belirleyecek bir skala yaratması ilginçtir.

Genellikle ikame çağrışımsal bir zincirle asıl kaygı konusuna bağlanabilir. Bu da kaygı konusu ile ikamesi arasında benzeşim (bitişiklik ya da benzerlik sonucu bağlantı) bulunduğu anlamına gelir.

Bizi ilgilendiren konuda Dardanie'nin sürekli olarak asıl (incelemenin bu aşamasında henüz belirlenmemiş) saplantısından kurtul-

10. Bkz. Freud, a.g.e., 1894

mak, onun yerine ilk kaygısını temsil edecek bir ikame koymak (ya da sembolik cinayet, ayrılık) istediği kesindir.

4 – Asıl psişik çatışmanın belirlenmesi : ayrılık kaygısı

Analizi sürdürebilmek için, şiddetli bir psişik çatışmaya neden olan ve daha önce de gördüğümüz gibi, birincisine çağrışımsal ilişkiyle bağlı, daha az sarsıcı bir kaygıyla (ölümle ilgili saplantılar, sembolik cinayet) ikame edilmiş birinci kaygı konusunu sorgulamamız gerekti. Elimizdeki günlükten hareketle asıl kaygı konusunu tanımlamaya çalışmak için, psikanalizin bilinçsiz ikamelerin oluşumu olarak adlandırdığı (yani, Dardanie'nin elyazmasındaki kaçırılmış hareketler, esprili sözler, "yazılı dil sürçmeleri") olgulara ve bilinçli düşüncelerine eğilmemiz, bu arada da çatışma çok dayanılmaz olduğunda kişinin bütün bu saydıklarımızın niteliklerini değiştirebileceğini unutmamamız gerekti.

Deneyimsiz gözlerce görülmesi imkânsız bu "yazılı dil sürçmesi" biçimi ikame oluşumundan hareketle Dardanie'nin daha sonra cinayet saplantısıyla yerdeğiştirdiği asıl kaygısını belirlemeyi başardık. Bu nedenle, Oscar'ın Boston Canavarı'yla ilgili çalışmasına[11] niçin bu kadar geniş yer verildiğini araştırdık. Katilin hareketlerini açık ve anlaşılır bir biçimde anlatmak için birkaç satır yeterli olacakken, Dardanie sanki bu belirgin örnek üzerinde daha fazla durma, onu sıkça reddettikleri için kadınları öldüren De Salvo adlı tatminsiz adamı ayrıntılarıyla ele alma ihtiyacı hissetmiş gibi.

Dr. Brussel'ın De Salvo konusundaki incelemesinin Dardanie tarafından ele alınışı dikkatle okunduğunda, Dr. Brussel'ın bazı sözlerinin çarpıtıldığı görülecektir. Örneğin, Dardanie, Dr. Brussel'ın şöyle bir gözlemde bulunduğunu belirtir: "(De Salvo'nun) kadınlardan vazgeçme konusundaki becerisinden özellikle gurur duyduğunu ve bundan çok söz ettiğini eklemek istiyorum." Oysa Dr. Brussel'ın eseri ve Oscar'ın çalışması için aldığı ve kitapla eş notları incelendiğinde, asıl metnin farklı olduğu görülür : "(De Salvo'nun) cinsel gücünden özellikle gurur duyduğunu ve bundan çok söz ettiğini eklemek istiyorum."

Birer psikanalist olarak burada Dardanie'nin bastırılmış kaygısının belirtisi olarak işlev gören bir "yazılı dil sürçmesiyle" karşı karşıyayız: yani, âşıkken ayrılabilme ya da kadınlardan vazgeçebilme becerisinden. Dardanie meslektaşı Oscar'ın çalışmasının ayrıntılarını günlüğüne alarak, bilinçsizce de olsa Dr. Brussel'ın gözlemlerini çarpıtıyor, o gözlemlere içinde boğulduğu kaygının niteliğine uygun bir anlam kazandırıyor.

11. Bkz. *Mükemmel Cinayetler*, s. 22 ve sonrası.

Analizi sürdürelim: birkaç satır ötede Dardanie, De Salvo'nun "muhtemelen bir yerde kaybetmeyi becereceği bir günlük aracılığıyla"[12] kadınlardan vazgeçebilme yeteneğinden gurur duymasından bahsederek Dr. Brussel'a ona ait olmayan sözler söyletiyor. Paul de Dardanie Dr. Brussel'a her bakımdan uydurma bir gözlem yakıştırarak, burada De Salvo'yla açıkça özdeşleşiyor. De Salvo gençliğinde bir ya da birkaç kız tarafından reddedildiği için, daha sonra rastladığı kadınları öldürüyordu; Dardanie de, açıklamaya çalışacağımız nedenlerle genç kadınları sembolik olarak, onlardan ayrılarak, öldürecektir.

Öte yandan, yukarıda da belirttiğimiz gibi Ulusal Polis Giriş Sınavı İdaresi nezdinde yaptığımız araştırmada, 199.. yılı komiserlik sınavındaki genel kültür konusunun ölümle değil, görünürde çok farklı bir konuyla, aşk ve ayrılıkla ilgili olduğunu doğruladık.

İşte tam burada Paul de Dardanie'nin bastırmaya çalıştığı kaygının konusuna, diğer bir deyimle, yerine cinayeti ikame etmeye çalıştığı ayrılık kaygısına parmak basmış oluyoruz. Bu arada asıl kaygıyı (aşkın sona ermesi) ikameye (ölüm, ayrılık) bağlayan çağrışımsal ilişkinin sadeliğine dikkat çekmek gerekir. Aynı düşünce sırasını izleyerek, Dardanie'nin çeşitli cinayetlerini az ya da çok rızalı cinsel ilişkilerle yakınlaştırdığı ve "okul"la ilgili çok ilginç bir bölümü gözden kaçırmamak gerekir.[13] Burada yazarın ikame ettiği oluşumdan uzaklaşmaya ve daha az ölçüde de olsa, hâlâ saptırılmış bir biçimde kaygısının konusunu yakalamaya gerçekten gayret sarf ettiğini görüyoruz.

Dostlarının tanıklığı da analizimizi doğruluyor. Özellikle Francis E.'nin açıklaması şöyle: Saint-Cyr'de tek bir cinayet işlenmemiş olmakla, Dardanie'nin öldürdüğünü iddia ettiği kurbanlarının tümü yaşamakla birlikte, hepsinin ortak özelliği Dardanie tarafından sevilmiş olmaları: "Onları tüm kalbiyle seviyordu." Sözde kurbanlarla yaptığımız çeşitli söyleşiler de aynı biçimde anlamlı: bu söyleşilerden herkesin Dardanie'yi tanıdığı ve Oscar da dahil, hepsinin Dardanie'yi sevdiği sonucu çıkıyor. Hepsi de Dardanie tarafından terk edilmeyi yaşadı, çünkü Sophie'yle ayrılığından sonra, Dardanie'nin yaşaması imkânsız görünüyordu.

5 – Psişik çatışmanın dışavurumu: saldırganla özdeşleşme

Yukarıdaki paragraflar aşağıdaki denklemi kurmamızı sağlıyor: "birini öldürmek = birinden ayrılmak, onu terk etmek, bırakmak." Böylelikle, Dardanie, Valoutte'u akademinin tavan arasında öldürdü-

12. Bkz. a.g.e. s. 23.

13. Bkz. a.g.e. s. 99 ve sonrası.

ğünde, anlaşılması gereken onu bıraktığı, terk ettiğidir.[14] Akademi psikoloğunun, Lucette'in, Ludivine ve Oscar'ın öldürülmesi de öyle. Öte yandan, bu analizin ışığında, Dardanie'nin kaygılarının ve ölüm saplantısının kaynağındaki merhum Sophie'ye ayrılan sona ne demeli? "Okulun" son bölümlerini bir kez daha dikkatle okuyalım. Paul bize "bu anı (ölümünü) onunla paylaşmayı dünyada her şeyden fazla isteyeceğini" itiraf ediyor ve bunun yanı sıra intihar kararını tek başına aldığı, kendini dışladığı için Sophie'yi suçluyor. Yukarıda geliştirilen denklemin bileşenlerini ele aldığımızda, intiharın aslında Sophie'nin Paul'den ayrılma kararı anlamına geldiği, bu kararın da habersiz, önceden danışılmadan alındığı sonucunu çıkarıyoruz. Temasa geçtiğimizde, Sophie'nin abisi varsayımımızı doğruladı: bildiği kadarıyla, gerçekten de ayrılık Sophie'den kaynaklanmıştı, Sophie bu kararını Paul'ün geçmişe dönük kıskançlığıyla açıklıyordu.

Paul de Dardanie'nin davranışı bir kez daha nevroz belirtilerine örnek olacak niteliktedir. Bu davranış bir rol değişiminin sonucudur: saldırıya uğrayan, saldırgana dönüşür. Burada da, Sophie tarafından apansız terk edilen Paul, yaklaşmayı başardığı tüm kadınları kalleşçe terk edecektir. Saldırganla özdeşleşme olarak tanımlanan bu savunma mekanizması, 1936 yılında Ferenczi tarafından ayrıntılarıyla tanımlanmıştır. Kişi saldırı olarak nitelediği bir durumla karşı karşıya kaldığında, saldırganını fizik ve ruh olarak taklide girişerek, onunla özdeşleşir. Kişi o zaman korktuğunun yerine geçer, onu ortadan kaldırır, böylelikle rahatlar.[15] Sigmund Freud ise bir dürtünün tersine dönüşümünden bahseder (*Verkehrung ins Gegenteil*).

Sonuç olarak: Dardanie, terk edilmişliğin örneği mi?

Görüşüme göre, İsviçreli iki psikiyatr (Germaine Guex ve Charles Odier) tarafından bir süre önce geliştirilmiş bir kavram Dardanie örneğini kusursuzca açıklıyor.[16] Burada söz konusu olan, terk edilmek kaygısı ile güven ihtiyacının öne çıktığı klinik bir tablonun belirlediği "terk edilmişlik nevrozu" kavramıdır. Terk edilme nevrozunun kurbanları özellikle bitmiş bir aşkın ya da duygusal bir düş kırıklığının avı olmakla ilgili, derin kaygılar beslerler. Kendilerini tehlikede hissettiklerinde (ya da tehlikeye itildiklerinde, intikam almak için) kay-

14. Valoutte'un öldürülmesi anlatısı, a.g.e. s. 62 ve sonrası; koşut olarak Valoutte'un tanıklığı (sonraki bölüm).

15. Bkz. Sándor Ferenczi, *Sprachverwirrung zwischen Erwachsenen und dem Kind*, 1933; ve bunu resimlemek, korkularını kovmak, onlardan kurtulmak için oyunda doktor, kurt olan çocuklar.

16. Bkz. G. Guex, *La Névrose d'abandon*, 1950.

gılarını azaltmak amacıyla hem saldırganlık, hem de mazoşizme yakın duygular (cezalandırılma ihtiyacı, bayağılaşma; bkz. yukarıdaki bölümler) gösterirler.

Dardanie'nin psişik sorununun niteliği hakkındaki kuşkularımı doğrulayabilmek amacıyla, bu anlatıda adı geçen kişilerden çoğuyla bir dizi söyleşi gerçekleştirdim. Bu söyleşi dizisi Dardanie'nin pençesine düştüğü saplantılı nevrozun ani ve yıkıcı bir ayrılıktan kaynaklandığı varsayımımı teyit etmeme imkân verdi.

Günlükte yer alan tüm kahramanlarla konuşamadım. Özellikle, Sophie'yle buluşma fırsatım olmadı. Anlatının diğer kahramanları gibi Sophie de dipdiri, hayatta, ama yanına gitme izni alamadım. Abisiyle temasa geçip, Sophie'nin hayatını yeni baştan kurmaya karar verdiğini ve "çok varlıklı yaşlı bir hanımefendi" tarafından kâhya olarak işe alındığını öğrendim. Abisi Sophie'nin Paul'den ayrılma kararının çok ani olduğunu da söyledi. Dediklerine bakılırsa, Dardanie bu ayrılıktan tarifsiz bir ıstırap duymuş ve bir gün Sophie'ye "Sonsuza dek kapanacak gözkapaklarımın ekranında kısacık ve sonsuz aşkımızın resmi geçidini birkaç saniye görmek" amacıyla kendini öldüreceğini söylemiş.

Saint-Cyr-au-Mont-d'Or Akademisi'nde görevli psikolog Bayan Kerbach, göreviyle ilgili sözde bir gizlilik bahanesiyle, bizimle görüşmeyi reddetti. Yine de sözlü olarak Dardanie'yle kısa süreli bir ilişkisi olduğunu, ama berikinin kısa zamanda bu ilişkiyi bitirmek istediğini açıklamaya razı oldu. Bayan Kerbach o zamanki gözdesi Komiser Monesto'nun kadını derinden etkileyen bu ilişkiden haberdar olduğunu da ekledi.

"Valoutte" ya da gerçek adıyla Amélie Duval, kısa bir tereddütten sonra sorularıma cevap vermeyi kabul etti:

"S: Kendinizi tanıtır mısınız?

C. Adım Amélie Duval, yirmi yedi yaşımı geçtim, polis komiseri adayıyım ve şu anda Seine-Saint-Denis bölgesinde, Stains-Pierrefitte'de stajdayım. Paris'in kuzey mahallelerinde, kesin olarak söylemek gerekirse Bobigny'de Olay Yeri İnceleme'de polis teğmeni olarak altı yıl çalıştıktan sonra, 199.. yılında akademiye gittim.

S: Paul de Dardanie'yle aranızda ne tür bir ilişki vardı?

C: Paul sevgilim olmadı, buna ramak kalmıştı ama, benim için değeri olan biriydi. Bahsettiğimiz, erkek arkadaşımla ilişkimde bazı sorunlar yaşadığımız bir dönemdi.

S: İlişkinizin boyutu tam olarak neydi?

C: Saint-Cyr'deki kızların büyük çoğunluğu gibi, Paul'den çok hoşlanıyordum. Tatlı bir çocuktu. Sevimli, çok neşeli biriydi, ama birden yüzü kararır, bakışları buğulanır, bu da onu çok daha çekici yapardı. Bir derinlik izlenimi verirdi. Öte yandan, Francis ve Rodolphe'la aşırı derecede çok içmesini hiç beğenmiyordum. Ekim başında, Paul odama geldi. Sarhoştu, içeri girmek için izin istedi. Verdim, tabiî. Onunla istediğim gibi konuşabiliyordum. Örneğin, o akşamüstü, özsavunma dersi için giydiğim tişört konusunda beni kutlamıştı. Hiç tınmadım, tişörtümü gözlerinin önünde çıkarmamın sadece ona bağlı olduğunu söyledim. Aynı gece, odamın kapısını çaldı. Kuşkusuz gereğinden fazla içtik ve nasıl söylemeli... Her neyse, soyunduk, birbirimizi okşadık. Sonra, bana prezervatifi olmadığını söyledi. Köyün eczanesine gidip, prezervatif aldı. Sonra da akademinin tavan arasına çıktık. Paul çok olağanüstü biriydi. Hep biraz acayip fikirleri olurdu. Mesela, İncil'i tanık göstermeden tek bir kelime etmezdi, durmadan istavroz çıkarır, hep dinî müzik dinlerdi. Paul simülasyon odasında sevişmemiz için ısrar etti. Bana gelince, maceramızın fazla uzun sürmeyeceğini bilmekle beraber, bunun oldukça heyecan verici olduğunu düşünüyordum. Sonunda, sevişmeye sıra gelmedi. Birden, çok hüzünlenivermişti. Gözleri kıpkırmızıydı ve neredeyse gözyaşlarına boğulacak gibiydi. Ama çabucak toparlandı ve beni mutfak davlumbazında bir doz eroin bulduğuna inandırdı. Birazını bana verdi. Sonra büyük bir sevecenlikle saçlarımı okşadı, alnıma bir öpücük kondurup, gitti...

S: Bir daha görüşmediniz mi?

C: Hayır, onun için sanki ölü biriydim, artık yaşamıyordum."

Lucette Guignon'u söyleyeceklerinin bu eserin önsözü için ne denli önemli olduğuna inandırmak oldukça güç oldu:

"S: Kendinizi tanıtır mısınız?

C: Adım Lucette Guignon ve aklınızı kurcalayan soruyu cevaplandırmak için hemen söyleyeyim, Saint-Cyr Akademisi müdürünün kızıyım. Akademiye kabul edilmemden hemen önce attan düştüğüm için, okula sonradan katılmak zorunda kaldım.

S: Paul de Dardanie'yi sevmiş miydiniz?

C: Amma da meraklısınız! Evet, kabul ediyorum, Paul'ü sevmiştim. Neden, biliyor musunuz? Ne kadar gülünç bulursanız bulun, bana asılmayan tek kişi olduğu için.

S: Onu nasıl tanımlardınız?

C: Yakışıklı çocuktu, mat bir cildi, dalgalı sarı saçları ve çok açık gri gözleri vardı. Paul'le çıkmak bizler için bir iddiaydı, tıpkı komiserlik sınavında başarılı olmak ya da Belize'in bir dersini dikkatle dinlemek gibi. Bir de, psikologla bir macerası olduğu söyleniyordu. Hiç de fena değil, öyle değil mi? Asıl fena olanı, kadının adlî polis hocasını boynuzlayıp depresyona sokmasından topu topu iki gün sonra, kendisinin de bir sinir krizi geçirip yerini "dağsıçanına" (gülmeler) bırakmak zorunda kalması. Yoksa, Paul onun küçük oyuncağıydı. Çok nazikti, çok zarif, hem psikoloji konusunda derin bilgisi vardı. Tek bir kelime etmeden sizi konuşturmanın, tek bir tebessümle konuşmayı kaldığı yerden başlatmanın yolunu iyi biliyordu. İnanılmaz bir şey. Öte yandan, bazen yok oluveriyordu, içine kapanıyor ve size dayak yemiş köpek gözleriyle bakıyordu. Yine de bir gün kendini öldüreceğini düşünemezdim. İşte, eğer gerçekten öldüyse, tabiî.

S: Paul'le ne kadar ileriye gittiniz?

C: Aslında, onunla çene çaldığım ilk gün, tereddütsüz Monesto'nun depresyon geçirme nedenini sormuştum. Gözünü bile kırpmadı, sadece okul müdürüyle aramda bazı benzerlikler olduğunu söyledi. Ha, bu arada söyleyeyim, akademiye girerken annemin kızlık soyadını almıştım, asıl kimliğimi açıklamam daha sonranın işi. Sonra, gerçekten iğrençleşti, beni gözü Paul'den başkasını görmeyen Oscar'ın kollarına itmek için elinden geleni yaptı. Yine de yavaş yavaş, Paul'ün benimle az da olsa ilgilendiğinin farkına vardım, ve benden önceki birçoğu gibi, kendimi kandırmadım, teslim oldum. Bir akşam, odamın kapısını çaldı. Talihi varmış, genellikle babamın Lyon yakınındaki evinde otururken, o akşam okulda kalacağım tutmuştu. Kendinden çok emin, beni arzuladığını söyledi. Ona iki günden beri beni Oscar'a yamamaya çalıştığını söyledim. Gülümsedi ve daha tam uyanamamış olmamdan yararlanarak, beni Oscar'ın sevgilim olduğunu kabul ettiğim mektubu yazmaya zorladı. Birlikte bahçeye indik. Üzerimde basit bir gecelik vardı, yani biraz arzulanır haldeydim, anladınız mı? Buraya kadar tamam, ama tüm beklentilerin aksine, sevgiyle elimi öptü, sonra da çekip, gitti."

Dardanie'nin çocukluk arkadaşı Oscar Gibouin'le tanıştığımda, beriki arkadaşının ölümünden çok etkilendiğini söyledi. Yine de, kendi söylediğine bakılırsa, arkadaşını anmak ona çok iyi gelecekti:[17]

"S: Kendinizi tanıtmanızı rica edebilir miyim?

C: Tabiî, adım Oscar Gibouin, 27 kasım 1972'de nesebi gayri sahih bir çocuk olarak Coutances'ta doğdum. Suç bilimleri konu-

17. Bütünüyle aktardığım, arkadaşının ölümüyle ilgili sözlerini ve laf arasında vurguladığı, ancak bu ekin yazılışı sırasında teyit edemediğimiz varsayımlarını okumak son derece ilginç olacaktır.

sunda inceleme diplomasına sahibim. Her türlü askerlik hizmetinden muafım. Ehliyetim var, ama bir arabaya sahip değilim. Av tezkerem yok ve eşcinselim.

S: Açık sözlülüğünüz için teşekkür ederim...

C: Güzel, Doktor Bey, yanılıyorsam beni düzeltin, Paul üzerine bir çalışma yapıyorsunuz. Paul gerçekten sevdiğim tek insandı. Bu benim ona son bir saygı sunmamın bir yolu sanki. Anlayacağınız gibi, özel hayatımı önünüze sermekten pek hoşlanmayacak olmama rağmen.

S. Paul'ü uzun süreden beri mi tanıyordunuz?

C: Versailles'da aynı okula, aynı liseye, aynı hukuk fakültesine gittik. Onun anne babasıyla benim sütannem çok yakındı, tatillerimizi birlikte geçirirdik. İlk aşk heyecanlarımı ve yasak oyunların ilk şaşkınlıklarını onunla birlikteyken tattım. Oğlanlara olan eğilimimi de. Talihim yokmuş, zevklerimi paylaşmıyordu, ama en azından saygı gösteriyordu. Paul kadınların hoşuna gitmiştir hep. Onda ne olduğunu bilmediğim, ama kadınları çeken, mıknatıs gibi çeken bir şey vardı. Tarif etmesi güç. Paul'le tanışmadığınız için size neredeyse acıyorum. Kadınlar onda, başkalarında boşuna aradıklarını buluyorlardı. Umutları ve kuşkularıyla, hırsları ve tasalarıyla ona gelirler, o da her seferinde beklentilerini karşılamanın yolunu bulurdu. Neyse, bütün bunlar, Sophie'yle tanışmadan önceydi.

S: Bana aralarındaki ilişkiden bahsedebilir misiniz?

C: Söylemek istediğim, bu ilişkiden korkunç ıstırap duyduğuydu. İlk kez seviyordu, sanırım daha önce hiç sevmediği gibi. İkisi birlikte yıkıma adanmış, birbirlerini ölesiye sevmeye, ama yeterince sevmedikleri için ölmeye mahkûm o az bulunur çiftlerdendi. Tamı tamına Alberto Moravia ile Elsa Morante gibi. Bana sık sık Moravia ile Morante gibi, ayrılmaz olduklarını tekrarlardı. Kütüphane raflarında, eserlerinin yan yana yerleştirildiğini bile göstermişti. Kuşkusuz Paul ile Sophie birbirlerini fazlasıyla sevdiler, birbirlerini tükettiler. Ayrılma kararını Sophie aldı. Paul Saint-Cyr'deki bir ayyaşlık gecesinde bana birkaç kelime etti. Tréport falezlerinin tepesinde, küçük bir otelde birkaç gün geçirmişler. O falezlerin üzerinde gezinirken de, hangi konudaydı bilmiyorum, ufak bir takışmaları olmuş. Sophie birden ayrılmak istediğini söylemiş. Sanırım bu kararı Sophie'nin aldığı gerçeğiyle hiç barışamadı. Sophie'nin kararı dünyasını yok etti. Hem de nasıl!

S: Ayrılma kararlarını genellikle Paul mü alırdı?

C: Hayır, ayrılmak onun özelliği değildi. Koruması altındaki kızlara böylesi bir ıstırap çektirmeyecek kadar saygılıydı. Öte taraftan, kadınlarının da böyle bir karar alabileceklerini sanmam. Daha çok, nasıl derler, karşılıklı anlaşma sonucu boşanma gibi bir şey olduğunu sanıyorum. Yine de, Paul gittiğinde, kadınlarından bazılarının acı çektiği kesin.

S: Paul onun için beslediğiniz hislerin farkında mıydı?

C: Sadece onun için değil, arkası için beslediklerime de... Hayır, latife ediyorum. Aslında onun için çok saf duygular besliyordum, hâlâ da besliyorum. Birkaç yıldan beri birçok kez ona açıldım. Böylesi konuşmalara son derecede açıktı ve hiçbir sıkıntı çekmezdi. Bana söylediklerimden dolayı hiç kinlenmemişti. Ne var ki akademide işler değişmeye başladı. Odalarımız yan yanaydı, yakınlaştık... daha fazlasını söylemeyeceğim. Sonra bir akşam, sanırım bir cumartesiydi, ben uyuklarken odama geldi. Anekdot eksik kalmasın, duvardaki çıkıntıya basıp, pencereden girdi, sonra da yatağıma atladı. Gözlerinde o çılgınca ifade olmasaydı, güzel bir gecenin başlangıcı olduğuna inanabilirdim, ama daha o anda iyi olmadığını anladım. Susmamı işaret etti, sonra da terk ettiği üç ya da dört kız hakkında tutarsız bir konferans çekti: psikolog, Valoutte ve Lucette. Çok içmişti, gözüme kötüden ziyade acınacak biri olarak gözükmüştü. Yine de, özellikle iğrenç davrandı. En az on kere arkadaşım olmak istemediğini, beni bir daha görmeme kararında olduğunu söyledi. Söz konusu üç ya da dört kızdan bahsederken onları terk ettiği, ayrılma kararını bizzat verdiği konusunda çok ısrar etti. Sevmediği ve ayrılmak istediği kadınları sakınmaya çalışırken, taptığı kız tarafından bırakılmayı hazmedemiyordu. Bu onun kendi Sisifos mitosuydu, kadını bütün gücüyle tepeye çıkarıyor, oraya varınca da kadının aşağıya kayışını seyretmek zorunda kalıyordu. Fazla eğlenmediği kesin, ama her seferinde yeniden başlıyordu.

S: Trajik sonu hakkında ne düşünüyorsunuz?

C: Sizi şaşırtmak pahasına da olsa, Doktor, ben Paul'ün öldüğüne inanmıyorum. Bu benim Aziz Tommaso tarafım, öldüğüne ancak naaşı üzerinde bir çocuk gibi ağlayabildiğimde inanacağım.

S: Paul'ün cesedi bulunamadı mı?

C: Hayır... Biliyorsunuz sanmıştım! Bakın bir aydan fazla bir zaman geçti, cesedi suyun yüzüne vurmuş ya da balıkçıların ağlarına takılmış olmalıydı. Hayır, sadece falezin tepesinde günlüğü, aşağıdaki kayalarda da saati ile ayakkabıları bulundu. Bu arada, bana günlüğünün bir kopyasını vermenizi rica ederim. Francis sadece bir iki kelime etti, cinayetlerle ilgili olduğunu söyledi ve Paul'ün beni öldürmeyi bile düşündüğünü anlattı! Ben ki seri cinayetler işleyen katillerle ilgileniyorum, anlaşılan birinin oldukça yakınından geçmişim... Bakın, bu sadece çok iyi polis romanlarında bulunur cinsten bir rastlantı, bundan iki ya da üç hafta önce, Lyon'daki İnterpol binasının yakınında, Tête-d'Or Parkı'nda dört ya da beş kadın cesedi bulundu. Gazetelerden izledim. Sonuncu cinayet bir hafta önce işlenmiş, kurbanın adı da Sophie, alın size bir rastlantı daha. Cesedi çırılçıplak, yarı yarıya da kömürleşmiş halde, parkta bulundu. Okuduklarıma göre, polis genç bir jigolo ile kömürleşmiş cesedi bulunan genç kızı kâhya olarak işe alan tımarhaneden kaçmış yaşlı bir kadının izindeymiş... Yaşlı bir kadın ile bir jigolo... Çılgınca bir şey, öyle değil mi?

İçindekiler